W0241451

Zur Autorin:

Fatma Sagir, geboren 1974 in Anatolien, aufgewachsen in Hannover als Tochter einer Gastarbeiterfamilie. Sie ist Autorin, Wissenschaftlerin und Übersetzerin in Freiburg im Breisgau.

FATMA SAGIR

ALPHABET DER SEHNSUCHT

Texte zum Vergessen

EDITION Schreib-Stimme.

Bibliografische Information der Deutschen Nationalbibliothek: Die Deutsche Nationalbibliothek verzeichnet diese Publikation in der Deutschen Nationalbibliografie; detaillierte bibliografische Daten sind im Internet über dnb.dnb.de abrufbar.

© 2021 Fatma Sagir
Verlag: SchreibStimme. Kunath & Tóth, Uster
Umschlagbild: ©Karin Czermak
Herstellung: BoD – Books on Demand, Norderstedt

ISBN: 978-3-9525558-0-4

1 VORWORT

Entfremdung, Einsamkeit, Leben, Lieben, Siegen und Scheitern: darum und um sehr viel mehr geht es in diesem Buch. Um Erinnerung, Vergessen, Vergangenheit und Gegenwart, um Schmerz und Heimat, diesem seltsamen deutschen Wort. Es gibt außerdem einen konkreten Anlass zum Erscheinen dieses Buches in seiner ersten Auflage im Oktober 2021.

Als in den 1950er Jahren die ersten Gastarbeiter* aus Italien in Deutschland eintrafen, um hier zu arbeiten, war das erst der Anfang der sogenannten Arbeitsmigration in der jüngeren Geschichte der Bundesrepublik. Arbeitskräfte aus Ländern rund um das Mittelmeer wurden angeworben.

So trat am 30. Oktober 1961 das Anwerbeabkommen mit der Türkei in Kraft. Diese Verträge regelten den Aufenthalt der sogenannten „Gastarbeiter" als Arbeitskräfte in Deutschland. Beide Seiten planten, dass es nur ein befristeter Aufenthalt sein würde. Wie sehr hatten sie sich geirrt, denn das Leben verlangte anderes. Diesen Menschen ist dieses Buch gewidmet.

Geplant war zwischen den Vertragsstaaten, dass die Arbeitskräfte für einen kurzen Zeitraum blieben und nicht sesshaft würden. Die Arbeitskräfte planten wenige Jahre zu arbeiten, zurückzukehren und sich zuhause etwas aufzubauen.

Doch alles kam anders. Kinder wurden geboren, besuchten die Schule, man richtete sich in einem neuen Leben ein.

Zwar gab es immer wieder kurze Wellen der Rückkehr und nicht alle Gastarbeiter* blieben in Deutschland. Beispielsweise kehrten viele Arbeitskräfte aus Spanien zurück, aber jene aus der Türkei blieben mehrheitlich in Deutschland. In der Folge dieser Arbeitsmigration lebt nun die vierte Generation der Nachfahren dieser Menschen in Deutschland.

Die erste Generation dieser Gastarbeiter*, nicht nur aus der Türkei, gerät zunehmend in Vergessenheit und stirbt. Ihre Geschichte und ihre Geschichten drohen mit ihnen zu verschwinden. Sie fehlen in der offiziellen und kollektiven Erinnerungskultur dieses Landes und damit fehlt auch die gesellschaftliche, kulturelle und politische Anerkennung ihrer Leistung. Diese mangelnde Anerkennung wird nunmehr in der dritten und vierten Generation als schmerzlich und immer wieder als existentiell bedrohlich durch den schwelenden Rassismus in der Gesellschaft erlebt.

Hinzu kommt die fortwährende Weiterentwicklung in der stetigen Auseinandersetzung mit Identität und Gesellschaft, zu der Menschen, die davon „betroffen" sind, gezwungen werden. Wie sich die Gesellschaft verändert, so verändern sich die Nachfahren dieser Menschen ebenfalls und ihre Forderungen nach Anerkennung, Teilhabe und Sichtbarkeit sowie ihr Einsatz gegen Rassismus.

Hatten unsere Eltern uns noch ermahnt, „Kopf runter und weitermachen", hat sich für die Nachfahren dieser Schmerz und die durch Stigmatisierung, Ausgrenzung, Benachteiligung und Rassismus erlebte Traumatisierung Bahn gebrochen. Kein Schweigen. Der Kopf bleibt oben. Immer.

Noch steht die jüngste Generation am Anfang. Noch räumen wir gesellschaftliche und persönliche Hindernisse aus dem Weg. Noch geben wir uns keine Zeit, um über alle anderen Schmerzen, jenen in der Familie, jenen in der Beziehung zu Eltern, zu Geschwistern, Raum zu geben. Noch ist diese Privatheit ein Luxus, der warten muss. Und auch um weiterzugehen, die Geschichte abzuschließen und fort zu erzählen, muss erst die Geschichte jener erzählt werden, die es nicht mehr können und mit denen wir verbunden sind.

Wir sind Geschichte.

Vorwort zur Erstausgabe
Oktober 2021

2 ERINNERUNG

Alphabet der Sehnsucht: *Hatıra*

Erinnerung

Erinnerung bedeutet Anerkennung.

Was von uns bleibt, ist Erinnerung. Was wir schaffen, was wir hinterlassen, unsere Spuren, in Worten, Taten, Orten, Dingen und Menschen, sind das Einzige, was von uns bleibt. Und wenn diese Spuren verschwinden, verschwinden auch wir. Doch dann stellt sich die Frage, warum waren wir hier?

Erinnerung bedeutet Anerkennung. Wer nicht erinnert wird, wird vergessen. Sein Dasein, seine hochgekrempelten Ärmel, seine Kraft am Fließband, seine Schweißtropfen auf heißem, pechschwarzem Teer, ergießt sich über diese Erinnerung und macht sie vergessen. Verwischt ihre Spuren in Putzkolonnen, an Nähmaschinen, am Waschzuber, in der Trostlosigkeit der Morgendämmerung an Bushaltestellen, das Kopftuch fest unter dem Kinn gebunden, das Haar praktisch frisiert, das Schöne in Zierdecken und kuscheligen Patik Zuhause aufbewahrt.

Keine Worte für die Angst vor den Deutschen, vor dem Chef, vor den Kunden, den Kollegen.

Keine Zeit für ein Gefühl wie Angst. Vergessen. Jene, die ihr Brot aus dem Fels herausbrechen. Jene, die jeden Traum aufgegeben, keine Illusion zu Ende gedacht, jede Spur von Leben für ein anderes Leben gegeben haben.

Jene, die verlangten, dass ihre Kinder das sahen, verstanden und auch ihr Leben für ein anderes, für ihres, hergaben. Jene, deren Kummer in Verzweiflung, Zorn und Gewalt, in Kummer, Hoffnung und Liebe mündete. Jene, die ihren Frieden mit diesem Leben machten, und jene, die noch bis in die letzte Stunde die Bitternis des Vergessenwerdens, des Beiseitegeschobenwerdens, des Endes, noch schmeckten.

Jene, deren Geister in deutschen Straßen wandeln, auf jedes Haus zeigen, auf jeden Pflasterstein, jede Betonsäule, jeden Stahlträger, jedes Krankenhaus, jedes Auto, und sagen: das war ich dort da, das bin ich.

Doch niemand sieht ihre Geister. Die Geister der Gastarbeiter. Noch drücken sie sich in Krankenhausfluren mit Putzeimern, noch legen sie Waren in die Gemüsekörbe, noch fahren sie hinab in den finsteren Schlund der Erde, kohleverrußt steigen sie empor, noch ernten sie Salat auf engen dunklen Balkonen. Von Licht träumen sie selten. Ihre Kinder sehen sie nicht. Ihre Frauen noch viel seltener.

Ihre Männer hören sie morgens und spüren ihre warmen Körper. Nur kurz. Wenn der Tag für sie beginnt und die Nacht für sie endet. Wie traumwandelten sie auf den finsteren Blicken der Verachtung, tänzelten entlang Kümmeltürke, Spaghettifresser, Itaker und Yugo. Wogen sich im Sturm von Feuer und Angst. Ihre Kinder nicht aus den Augen lassend. Wirbelten wie Derwische durch die Massen abgewandter Gesichter. Was sie draußen stumm machte, ließ sie drinnen aufschreien, zuschlagen, erstarren, erfrieren, erlöschen. Erinnerung bedeutet Anerkennung.

Alphabet der Sehnsucht

Acı
Alfabe
Almancı
Araba
Autobahn
Börek
Buram
Buram
Cami
Çemen
Döner
Dönüş
Ev

Fatma
Gözlerinden
öperim
Gurbet
Hayat
Hasret
Haus
Hatıra
Hüzün
İşçi
İzin
Jeton

Kalp
Kara
Toprak
Lokum
Mektup
Nereden
Nereye
Nasılsın
Ora
Özledik
Ölüm

Park
Quark
Resim
Sağır
Şeker
Temmeli
Dönüş
Uzak
Unut
Üzülme

Vay
Volkswagen
Wohin
X okuma
yazma yok
Yol
Yonca
Yorgan
Yürek
Zindan
Zemin

3 LEBEN

Alphabet der Sehnsucht: *Hayat*

Dinge und Dinge

Wir wohnten in der Gastarbeiterstraße. Rote Klinkerhäuser, die heute unter Denkmalschutz stehen und früher, lange vor den Gastarbeitern, als Siedlungen für die Arbeiter der angrenzenden Wollkämmerei dienten. Balkone gab es nicht.

Im Sommer wuschen die türkischen Frauen ihre Teppiche in den Hinterhöfen im Gras. Sie rafften ihre Röcke mit einer Hand und bearbeiteten die eingeschäumten Teppiche mit ihren nackten Beinen. Manchmal brachte eine von ihnen frisch geschorene Schafswolle mit, die in Plastikwannen eingeweicht in der Sonne vor sich hin müffelte. Ich lief unter den Teppichstangen mit ihren herunterhängenden Wollfetzen hin und her. Weiß wogten sie im Wind. Es roch nach Kernseife und OMO Waschpulver.

Die Blumen im Wohnzimmerfenster. Fuchsien. Überstrahlten pink das braune Nachkriegsmobiliar, mit dem meine Eltern die Wohnung gemietet hatten. Grünes Polstersofa. Eine Vitrine, die meine Eltern Büfe nannten. Meine Mutter hatte die Fuchsien in rot-blau gemusterte Tomatenmark-Dosen und in die grün-goldenen *Kristal* Olivenöl-Kanister gepflanzt. Wenn die Sonne schien und ich die Augen zukniff, tanzten die Farben wild durcheinander. Später, als wir in eine Wohnung mit Balkon zogen, verschwanden die Fuchsien aus unserem Wohnzimmer. Nun säte meine Mutter in den Blumenkästen Petersilie und Minze aus. Die anderen Balkone zierten Geranien. Balkonmöbel gab es nicht. Ein Vorratsschrank mit großen Gläsern und Blechdosen.

Einmal hing ein von meinem Vater zubereitetes Stück Pastramifleisch zum Trocknen an der Wäscheleine. Wenn man nah heranging, konnte man den Bockshornklee in der Çemen Paste riechen, mit dem das Kalbsfleisch eingerieben war.

Aus der Chemiefabrik, in der mein Vater arbeitete, brachte er blaue bauchige Plastiktonnen mit. In diese versenkten wir die mit unserer Mutter zusammen vorbereiteten, eingemachten Weißkohlblätter. In viel Essig, Chili und Knoblauch. Dort standen sie im Winter. Leuchtend blau. Immer musste eines von uns Kindern in die klirrende Kälte hinaus auf den Balkon mit einer Schale. Ein bisschen schüttelte es mich, die Schale in den streng riechenden Sud zu tauchen und den sauer eingelegten Kohl herauszufischen. Gelegentlich trieb zu meinem Schrecken auch ein Schafskopf einsam in einer Plastikwanne vor sich hin, bis ihn meine Mutter zum Kochen abholte.

In der Küche bewahrte meine Mutter ihre Gewürze, Salz, Pfeffer, getrocknete Minze, rotes Basilikum, Chili und Kumin, in Marmeladengläsern auf. Reis und Bulgur in Gurkengläsern.

Wie sind wir von hier in die High-Tech-Einbauküchen mit italienischem Marmor gelangt?

Die Küchen, die in der Türkei noch immer auf ihre Bewohner warten. Die Küchen in Deutschland, in denen keine Marmeladengläser mehr umfunktioniert werden und nun Blumen in Blumentöpfen Platz finden, passend zu den Farben der Wohneinrichtung. Handgesteppte Schurwolldecken, *Yorgan*, haben

Microfaser-Decken bei 60 Grad maschinenwaschbar Platz auf den Betten gemacht. Die langen, harten anatolischen Kissen, bestickt mit Blumenmotiven und verziert mit Spitzenbordüren, verschwunden.

Frisch geschorene Schafswolle. In der Badewanne mit Perwoll gewaschen, auf dem Balkon getrocknet. Geföhnt. Gezupft. Weich, ganz weich auf einem Baumwolllaken ausgelegt und mit einer riesigen Stopfnadel zur Steppdecke verarbeitet. Meine Beine schliefen dabei regelmäßig ein. Die Hände und der Rücken schmerzten nach einer Weile. In der Schule häkelten wir Topflappen.

Hatten meine Eltern Sehnsucht nach Dingen? Ich erinnere mich an ihre Sehnsucht nach einem eigenen Garten und natürlich nach dem eigenen Haus.

Auf dem Kleiderschank im Schlafzimmer verschwanden die Koffer bis zum Sommer unter weißen Laken mit feiner Spitzenborte. Direkt hinter der Schlafzimmertür stapelten sich vom Boden bis unter die Decke Kissen und Bettzeug, selbstgesteppte Matten zum Ausrollen für Gäste.

In die kleine Speisekammer zwängte sich ein Tiefkühler. Voll bis oben mit Köfte, Mantı, Börek, Fleisch. Denn Gäste, Gäste kamen immer. Manchmal unangekündigt und manchmal ebenfalls unangekündigt, aber im Schlepptau meines Vaters. Mal war es ein Junggeselle, mal ein Geflüchteter, mal ein ausländischer Student, der ohne Familie in der örtlichen Moscheegemeinde Anschluss suchte. Einmal auch eine Reisegruppe aus Kasachstan, die er spontan zum Essen eingeladen hatte.

Alles kein Problem für meine Eltern. Etwas zu Essen und Platz zum Schlafen gab es immer. Gastfreundschaft war ein moralischer Wert in unserem Haus. Eine Frage der Ehre.

Über die Jahre veränderten sich die Wohnungen, doch die Eltern blieben sparsam. Warteten auf ein Leben „Zuhause“, dann, wenn „wir zurückgehen“. Zurückgehen verlor sich in den vielen Schichten der letzten Jahre des 20. Jahrhunderts. Zurück ging es nicht mehr. Jugoslawien gab es nicht mehr. Autofahrten zurück. Für einen Sommer. Nicht. Mehr.

Temelli Dönüş, die endgültige Rückkehr verblieb Teil eines passiven Wortschatzes. Dem Vokabular der Sehnsucht, der Ortlosigkeit, der Ferne, des Ortes, an dem die Geister unserer Vorfahren noch wandeln. Die Geister jener, die wir zurückgelassen und jener, die wir verjagt hatten. Die Geister unserer Eltern in ihrer Jugend, auf den Feldern Anatoliens. Das Vokabular jener, die in schlechtsitzenden Anzügen und großen Koffern in München aus den Zügen purzelten. Irgendwo dort zwischen dem Hauptbahnhof und deutschen Werkstoren liegt die Rückkehr, für immer. Und manchmal ist diese doch mitgegangen, hinauf auf den Friedhofshügel, begraben in roter anatolischer Erde.

Zurück. Die Geister, die durch das Land der dunklen Wälder streifen, auf der Suche nach Höfen, Feldern und Gärten. Niemals kommen sie zur Ruhe. Nicht ihre Nachfahren. In ihrem Inneren steht alles noch da, wie immer, jeder Stein, jede Straße, jedes Ding an seinem Ort.

Zurück geht es nur noch in Holzkisten und selbst diese sind aus Metall. *Temelli Dönüş* haben wir begraben mit unseren Verkehrstoten auf der europäischen Autostraße E5. Dem Todesstreifen. Ihre Namen auf eilig errichteten Grabsteinen in den Friedhöfen österreichischer

Krankenhäuser, längst verblichen, längst vergessen. Ihre Geister für immer gefangen in den Friedhofsgärten. *Allı Turnam bizim ele varırsan* … Kraniche fliegt, fliegt ihr Kraniche, und bringt meinen Gruß dem Liebsten. Verharrt nicht oben am Himmel. Auf, fliegt davon. Kraniche. Zieht hinweg über Seen und Berge. Dorthin, wo ich nicht mehr sein kann.

Wo mein Name vergessen, mein Lied verklungen und mein Herd erloschen.

Orte Dinge Menschen

Orte
Dinge
Menschen
Dinge
Orte
Menschen
Orte Sehnsucht
Deine Namen zerreißt
schwer dich
noch warm schiebt
das Blut dich
an deinem beiseite
Namen
Orte
ohne Ferne
ohne Grenzen
Orte

hanin
means
Sehnsucht
in Arabic

Ein anderer Ort

Der Weg führte von unserer Wohnung direkt dorthin. Am Ende der Straße stand sie, die Bücherei. Nur zehn Minuten Fußmarsch entlang einer alten Mauer, die das Grundstück eines Gutshofes von der Straße abgrenzte. Die Mauer bestand aus roten Backsteinen, mit bräunlichem Mörtel durchsetzt. Unzählige Male hatte ich meine Hand über die raue Oberfläche streifen lassen. Im Spätsommer wuchsen Quitten über die Mauer. Auch wenn meine Mutter uns das unter Androhung schlimmster Höllenqualen verboten hatte (das gehört euch nicht!), hob ich manchmal eine Quitte auf, die vom Ast gefallen war und sog ihren süßlichen Duft auf dem Weg nachhause ein.

Links lag der Gutshof, rechts die hässlichen Hochhäuser. In einem kleineren von diesen Hochhäusern, mit nur vier Etagen, lebten wir, sieben Personen auf siebzig Quadratmetern. Es gab einen Balkon, der auf die Hochhäuser mit den fünfzehn Etagen schaute und auf die riesige Wiese, an die der Spielplatz angrenzte. In den langen heißen Sommern spielten und tollten wir durch die Wiese, sattgrün, wo das Gras nur sehr selten gemäht wurde.

Eines Tages wurden die Häuser verkauft, ein neuer Hausmeister kam, die Wiese wurde ein Rasen, Spielen war verboten und die Wohnungen sollten nun Eigentumswohnungen werden.

Auf unserem Balkon gab es keine Gartenmöbel. Meine Mutter, einst zuhause in den Weiten Anatoliens, lagerte hier das eingelegte Gemüse und allerlei Vorräte.

Statt Geranien züchtete sie Petersilie und Minze. Manchmal starrte uns auch ein Schafskopf aus einer Wanne voller blutigen Wassers an.

In der Schule waren nur wenige Kinder, die auch so schwarzhaarig waren wie ich. Ich war die Neue, die an ihrem ersten Tag zu spät kam und noch dazu eine rote Mütze trug, die wie eine Sturmhaube aussah. Ich musste neben dem blondesten Jungen der Klasse sitzen, der ebenso wenig wie ich darüber erfreut war. Beim Singen wurde ich zu den tiefen Stimmen gestellt. All die blonden Mädchen konnten Sopran singen und mindestens ein Instrument spielen.

Eines Tages ließ ich meinen Blick durch die Klasse schweifen und da entdeckte ich sie. In einer Ecke in der Nähe der Tafel, hinter Vitrinenglas verborgen und abgeschlossen, die „Klassenbibliothek". Ich durfte mir ein Buch ausleihen. Woche für Woche las ich, irgendwann hatte ich alles gelesen. Ratlos stand ich vor der Lehrerin. Da nahm sie mich an der Hand und führte mich in die Nachbarklasse, dort wurde ich vorgestellt: „Sie hat die ganze Bibliothek ausgelesen und liest jetzt bei euch". Ich freute mich still.

Es war eine Glückssache, ob meine Hausaufgaben gemacht waren. Unsere Mutter war zwar wie viele der anderen Mütter den ganzen Tag zu Hause, aber sie war Analphabetin und Deutsch sprach sie nur gebrochen. Wenn die Eltern anderer Kinder ihnen Gute-Nacht-Geschichten vorlasen, Pippi Langstrumpf und die Kinder aus Bullerbü regelmäßige Gäste an ihren Betten waren, dann erzählte meine Mutter Geschichten, so wie sie es in ihrem Dorf gelernt hatte. Von den wundersamen Abenteuern des kleinen kahlköpfigen Keloğlan, vom schelmischen Hodscha Nasreddin und von vielen kuriosen Charakteren aus dem Heimatdorf; oder religiöse Erzählungen, bei denen es immer so klang, als ob Adam und Eva Leute aus dem Nachbardorf gewesen seien. Immer im Dialekt des Heimatdorfes.

Mein Vater war Schichtarbeiter, wir sahen ihn daher nicht oft. Er sprach und spricht auch heute nicht viel über seine Erfahrungen als Gastarbeiter. Das tut keiner aus dieser ersten Generation gerne. Doch dann und wann erzählte er eine Geschichte. Das waren oft vergnügliche Erzählungen, durch die dennoch das Bittere durchschimmerte wie Öl auf einer Regenpfütze. Geschichten, die die Armut der anatolischen Dörfer ohne befestigte Straßen, fließendes Wasser und Strom kaum verbergen konnten, aus denen die Kargheit und Lieblosigkeit eines ländlichen Lebens wie ein nackter Felsen herausragte. Geschichten voller Hoffnung und jugendlicher Unbekümmertheit, Geschichten durchdrungen von der tiefen Trauer und Kränkung darüber, für immer ein Fremder zu sein. Wir Kinder lauschten diesen kostbaren seltenen Momenten, in denen wir von unserem Vater etwas über sein Leben erfuhren.

Von all dem ahnte die Deutschlehrerin wohl kaum etwas. Einmal schrieb ich einen Aufsatz. Er handelte von einem Außenseiter, der sich in ein Mädchen aus der Nachbarklasse verliebt. Als das Mädchen diesen Jungen auslacht, schrieb ich: „für ihn brach eine Welt zusammen“. Das schien meine Lehrerin zu beeindrucken. Ich kann mich noch sehr genau an ihr überraschtes Gesicht erinnern. Sie fragte mich, ob mir jemand geholfen habe. Was für ein Gedanke!

Ja, vielleicht, die vielen Bücher, die ich aus der Stadtbücherei nach Hause brachte, sogar in den Urlaub in die Türkei schleppte. In den klapprigen VW-Bus gequetscht, der uns fünf Kinder, die halbe deutsche Haushaltsindustrie sowie unsere beiden genervten Eltern dreitausend Kilometer auf einen anderen Kontinent brachte und uns irgendwo in den Bergen ausspuckte. Auch in dem ostanatolischen Dorf zwischen Kühen, Hühnern und Misthaufen fand ich immer eine Ecke, in der ich lesen konnte. Nie kamen mir die Räume eng vor, weder in dem winzigen Haus meiner Großeltern noch in unserer Wohnung in Deutschland. Ich brauchte nur ein Buch aufschlagen. Ich konnte durch Orte, Räume, Welten und Zeiten wandeln, durch Leben schreiten. Viele der Geschichten erzählte ich meinen Geschwistern, den Nachbarskindern und meinen Cousins und Cousinen, die sich um mich scharten. Meistens spann ich die Geschichten weiter. Manche musste ich auf Wunsch der Jüngeren immer und immer wieder erzählen.

In dem kleinen Ort, in dem wir in Deutschland lebten, hatte ich die Stadtbibliothek gleich nach unserer Ankunft entdeckt. Ich bekam einen Ausweis für fünfzig Pfennig. Vor dem Fünfzigerjahrebau lag ein großes Blumenbeet, links stand eine gelbe Telefonzelle. Oben stand in großen dicken Buchstaben „Stadtbücherei" angeschrieben. Ich zog mit aller Kraft die schwere Glastür auf und schlüpfte hinein. Drinnen war es dämmrig, im Sommer angenehm kühl und im Winter gemütlich warm. Vor allem aber war es still. Manchmal machte ich die Augen zu und lauschte der Stille. In den Räumen hing dieser eigentümliche Geruch von Linoleum, Bohnerwachs und alten Büchern. Es war das schiere Glück, wenn ich ein Buch in die Hand nahm, darin las, den Duft der Bücher einsog. Unbeschreiblich. Freiheit. Sehnsucht. Abenteuer. Die Aufregung mit nichts vergleichbar.

Kinder durften zu meinem großen Bedauern nur vier Bücher ausleihen. Doch da ich die schon in einer Woche auslas, machte die Bibliothekarin eine Ausnahme. Sie war eine streng dreinblickende Dame, die ihre goldumrandete Brille immer auf der Nasenspitze trug und vor der ich mich ein wenig fürchtete. Ich durfte zwei mehr ausleihen. Ich fühlte mich auserwählt, besonders, Königin aller Welten. Diese Ausnahme wurde von Jahr zu Jahr immer weiter ausgedehnt, so dass ich unzählige Bücher ausleihen durfte.

Ich las so viel, dass meine Eltern mir einmal verboten zu lesen. Schließlich wussten sie ja nicht, was ich da las, es war ja alles in Deutsch. Irgendwann gaben sie auf, da ich weiterhin meine Bücher ins Haus schmuggelte, einmal mit den Kartoffeln aus dem Keller.

Die meisten Kinder in meinem Alter kamen mit ihren Eltern hierher. Ich fühlte mich hier auch alleine sicher und aufgehoben. Hier, zwischen den Büchern. An diesem Ort war ich ganz.

Wenn ich zwischen den Regalen stand und die Buchrücken studierte, fand ich darin nicht nur meinen Ort, sondern auch Trost. Nach den Anschlägen in Mölln und Solingen fürchtete ich mich auf die Straße zu gehen. Nie wieder kam ich mir so fremd vor wie damals. Ich fühlte mich wund und voller Kummer. In dieser Zeit setzte ich mich oft in die Bücherei. Auch als ein Mitschüler für ein paar Wochen Nazi war und mir das Leben in der Schule zur Hölle machte, flüchtete ich mich in den Pausen in die Schulbibliothek, in der sich nie jemand anderes befand außer mir. Gott sei Dank sah die Chemielehrerin, was er da trieb, und stellte sich vor mich. Diese Chemielehrerin mit den wilden blonden Haaren und den grünen Lederleggings, in denen sie immer ein wenig katzenhaft wirkte, war mir eigentlich bis dahin nicht besonders sympathisch gewesen, aber ich glaube, sie fauchte ein paar Mal und mein Mitschüler war von den Nazis befreit und ich von ihm.

Integration ist in Deutschland eine Glückssache. Sie hängt davon ab, in welcher Region man in Deutschland aufgewachsen ist, in welchem Bundesland, in welcher Stadt, in welchem Stadtteil. Wer sind die Freunde, Nachbarn, Mitschüler und Lehrer; wo geht man zur Schule, lebt man ländlich oder städtisch; in Süddeutschland, Norddeutschland oder in Berlin? Zu welcher Zeit in der Geschichte der BRD wuchs man auf, welche Partei regierte? All diese und unzählige andere Faktoren beeinflussen den Integrationsprozess, so dass manchmal in ein und derselben Familie verschiedene Erfahrungen vorzufinden sind. Migrantenfamilien leben in Diversität. In einer Familie bestehen häufig mehrere unterschiedliche Migrationsphasen nebeneinander. Mit dieser Vielfalt, mit diesen Widersprüchen und Spannungen müssen die Familien leben und sich gleichzeitig in der deutschen Gesellschaft behaupten. Die Erfahrung, „der Andere“ zu sein, ist ein ständiger Begleiter. Wie diese Erfahrung kanalisiert wird, wie sie verarbeitet wird, das ist der Integrationsprozess, das hängt von all diesen und anderen Faktoren ab.

Als Anderer angenommen zu werden, das ist die Sehnsucht. Manchmal erfährt man dieses Gefühl des Angenommensein, muss es sich aber immer wieder neu erarbeiten. Immer die nächste Stufe erklimmen. Ankommen ist ein großer Wunsch. Endlich einmal ankommen. Erschöpfung, Frustration und Trauer wechseln sich immer wieder ab mit der Hoffnung, es dennoch zu schaffen. Und bei manchen gibt es keinen Wechsel, zu oft hat sich das Gefühl der Ohnmacht und die Abstrafung des Anderssein wiederholt und eingefräst. Die Liebe mancher Einwanderer zu Deutschland bleibt nur eine einseitige. Diese Art der Liebe ist frustrierend und deprimierend. Sie kann natürlich auch zu einer Art zen-buddhistischer Haltung führen: Ich liebe dich um deiner selbst willen, auch wenn du diese Liebe ignorierst.

Aber wie viele Menschen schaffen das schon?

Doch manchmal sind es einzelne Ereignisse, Menschen oder Orte, die diese Nordwand der Frustration bewältigen lassen, auch wenn man weiß, dass viele es anders sehen. So findet man Trost und Hoffnung, überwindet Demütigung, Verachtung und Misstrauen und lernt genau hinzusehen, denn jeder Mensch ist anders und widersprüchlich. Der Migrant verkörpert das lediglich viel deutlicher. Seine Leistung, seine Kraft, sein Talent, die Welten, die er mit sich bringt, die Summe aller seiner guten und schlechten Erfahrungen, seine Fähigkeit über all das hinauszuwachsen, wie viele können das sehen? Am wenigsten kann es häufig der Migrant selbst sehen. Aber manchmal ist es eine Lehrerin, die einen an die Hand nimmt und auf den Weg bringt, oder ein Freund, der in einem keinen Fremden sieht, und manchmal ist es eben ein Ort, der einem erlaubt, das zu sehen, was sein könnte.

Zensur

Du	kannst	das nicht
		jetzt nicht
		nicht
Du	gehörst	nicht dazu
		nicht hierher
		sich nicht
Du	bist	nicht von hier
		nicht von da
		nicht
Du	musst	das nicht tun
		das tun
		musst musst

Du darfst nicht
nicht hier sein
das nicht
nicht das

Du arbeitest
folgst
gehorchst
schaffst
siegst
machst
tust
versuchst
Du ruhst nicht

Du	bist	höflich
		fleißig
		ordentlich
		freundlich
		hilfsbereit
Du		opferst
Du		gehst da nicht hin
Du	kennst	Pflicht
		Verantwortung
		Arbeit
		Verzicht
Du	hast	keine Zeit
Du	ruhst	nicht

Du verwehrst Dir

Du verbietest Dir

Du siehst Dich nicht

Du hörst Dich nicht

Du bist nicht
Du
ganz

Du verlierst nicht
Dich

Schreiben

Wenn der Mut fehlt, über uns hinauszuwachsen, dann ist das selten nur ein Fehlen. Es zu wagen, ich zu sein und alles, was ich ausprobieren will, auch zu tun. Wagen, alles zu sein. Wagen, dabei zu sein.

Es ist nicht einfach nur fehlender Mut. Es sind die Zurückweisungen, Kränkungen, Verletzungen und Erschütterungen, die wir erleben, wenn wir dabei sein wollen, wenn wir mitmachen wollen, wenn wir uns ausdrücken und ausleben wollen. All die Niederlagen und Niederschläge, die auf diesen einen Wunsch folgen, sie fressen den Mut auf, graben ihm das Wasser ab, lassen ihn verkümmern. Und nach jeder Schublade, in die du ungewollt, ungefragt, hineingezwängt worden bist, schaffst du es wieder mit den kümmerlichen, jämmerlichen Mutresten etwas von Neuem aufzubauen.

Doch dein Gegenüber, der, der dazu gehört, der „echte" Deutsche, der weiß nichts davon. Oder er tut nur so. Wer weiß? Nicht die leiseste Ahnung, wenn er dir das angetan hat. Er erwartet, dass du beim nächsten Mal genauso bist wie immer. Möglichst noch freundlicher, noch verständnisvoller, mit noch mehr Mitgefühl für *seine* Situation. So entsteht ein Wir und Ihr, das offenbar nur einer von beiden überwinden will.

Wenn wir schreiben, dann tun wir das anders, wir „Anderen". Wir kommen aus Erzähltraditionen und Literaturtraditionen, die anders sind, wo die mündliche Tradierung häufig eine bedeutende Rolle spielt, Lyrik zentral ist, oder aus solchen Traditionen, denen das

Erzählen wichtiger ist, als die Innenschau. Wir wachsen oft mit Märchen, Geschichten und Witzen auf. Manche von uns lernen Sprachwitz nicht nur in der eigenen ersten Muttersprache, sondern auch in der zweiten, dritten oder vierten, in der angeeigneten Muttersprache.

Wir schreiben anders, weil wir von anderen Lebenswelten erzählen. Wenn wir jedoch in Preisvergabe-Jurys und Stipendien-Kommissionen, Ministerien, Redaktionen und Verlagen fehlen, wer urteilt und entscheidet dann über unser Schreiben?

Literatur, so ist mein Verständnis, sollte Emotionen und Geschichten transportieren. Mein Text über den Tod meines Vaters, einem Gastarbeiter aus Anatolien, sollte jeden berühren können, denn der Tod ist eine universelle Erfahrung.

Wenn unsere Geschichten, und unsere Kunst, die sich selbstverständlich auch mit uns selbst befasst, als „Migranten-Literatur", oder, wie mir einmal vorgeschlagen wurde, unter „Rassismus-Wochen" eingeordnet wird, dann verweigert sich der Literatur- und Kulturbetrieb unserem Beitrag und diesen der Mitte der Gesellschaft, weil er diese Kategorien, also „Migranten-Literatur" und „Rassismus-Wochen" nicht dem Zentrum, sondern der Peripherie zuordnet und in der Eigenlogik des Literaturbetriebes weniger wertschätzt als die „Norm".

Deutsche Gegenwartsliteratur, dazu gehören auch Geschichten von Flucht, Vertreibung und Migration. Aber eben nur die „der Deutschen". So ist das Buch einer Autorin, ihre Familiengeschichte und die Flucht aus Schlesien ganz selbstverständlich Bestand deutscher Gegenwartsliteratur, wie auch jene Bücher zu Deutschen aus dem Banat. Nicht-weiße, nicht-christliche Menschen und ihre literarische Leistung hingegen eher selten.

Und diese Nischen, die daraus entstehen und uns zur Verfügung gestellt werden, sind es, die mich mit Wut erfüllen. Dort sollen wir von den Brosamen der anderen leben und uns untereinander neiden und streiten, weil nur wenig Platz, manchmal nur für einen, sei. Warum Nischen? Warum diese Forderung nach Dankbarkeit, Genügsamkeit, Bescheidenheit?

Sprichst du mit mir

Hier wird Deutsch gesprochen
Sprichst Du mit mir?
Hier wird Deutsch gesprochen
Lernst Du es mir?
Nein, das heißt nicht so
Nein, das ist falsch
Nein, das gehört nicht hierher

Hier wird Deutsch gesprochen
Lege fünfzig Pfennig in die Dose
Hier wird Deutsch gesprochen
Hal mala macha
Gott ist groß, ein Meter neunzig
Hier wird Deutsch gesprochen
Ich sage es Dir
Untersage hier
Hier wird Deutsch gesprochen

Aus euch Türken wird nichts
Hier wird Deutsch gesprochen
Wer hat Dir bei den Hausaufgaben geholfen?
Hilfe
Hier wird Deutsch gesprochen
Warum seid ihr
hier?

Hier wird Deutsch gesprochen
Ach, Du sprichst Englisch, Französisch?
Wie schön von Dir
Hier wird Deutsch gesprochen.
Polnisch, Russisch, Bosnisch, Kurdisch
Griechisch, Arabisch, Türkisch
Aber nicht
Hier wird Deutsch gesprochen

Hier wird Deutsch gesprochen
Herzlich Willkommen
Malle liebt dich
Schinkenstraße
Sangria
Un zerveza, por fafore
Zum Totlachen
Ja, na klar
Hier wird Deutsch gesprochen
Was
Sprichst Du mit mir?

Hier wird Deutsch gesprochen
Doch nicht hier
Hast Du Deine Mutterzunge
Vergessen?
Hast du Gavurca gefressen?
Hier wird Deutsch gesprochen

Hier wird Deutsch gesprochen
Diese Aufgabe gilt nicht Dir
Denn Du bist nicht von hier
Hier wird Deutsch gesprochen
Ausländisch
Deine Texte
Nicht von hier
Hier wird Deutsch gesprochen
Das gehört
Nicht Dir

Sich
Nicht

Hier wird Deutsch gesprochen
Wann
Sprichst Du mit mir

Hier wird Deutsch gesprochen
Ein Döner, bitte
Was heißt Cay?
Ein Chai-Latte bitte
Sechzig Jahre hier
Bodrum
Ganz schön viele Türken hier
Bauchtänzerin, la, la, la, la

Hier wird Deutsch gesprochen
Was
machst
du
hier?

Hier wird Deutsch gesprochen
Wann sprichst Du mit mir?

Hier wird Deutsch gesprochen
Ich
Zeige
Es
Dir

Werden und Schreiben

Ich schreibe.

Ich lese. Ich habe nie den „Kanon“ gelesen. Was mich interessiert, lese ich. Manches findet sich im Kanon wieder, manches nicht. Als ich ein Teenager war, fand ich eines Tages in der Bibliothek Maxim Gorki. Anna Achmetova. Dschingis Aitmatov. Ich liebte Böll. Fand Goethe amüsant. Schiller versponnen. Virginia Woolf eine gute Lehre. Mochte Shakespears Hamlet.

Niemand wies mich an, was man in Deutschland gelesen haben musste, oder vielleicht auch, wie man schreibe musste, um als deutsche Schriftstellerin anerkannt zu werden, um vorgelassen zu werden, um „mitzumachen“.

Ich las und lese immer noch nach Intuition. Aus Rezensionen mache ich mir nichts. Die meisten Literatursendungen interessieren mich nicht. Bestsellerlisten spielen in meinem Lese- und Schreiballtag keine Rolle. In meinem Bücherregal stehen theologische Abhandlungen neben Liebesromanen und Klassikern der Weltliteratur.

Ich bringe keine Literaturtradition mit, obwohl ich aus einem Land stamme, das eine solche reiche vorzuweisen hat.

Diese musste ich mir als Erwachsene eigenständig aneignen. Ich bin lose verbunden mit der Erzähltradition Anatoliens, genaugenommen der Region, aus der meine Familie stammt.

Stamm. Zugehörigkeit. Herkunft. Das sind für mich Begriffe aus Staub und Licht. Sie sind da und dann wieder nicht. Ein Festlegen auf ein Einziges, was von mir und den „Anderen“ in dieser Gesellschaft verlangt wird, raubt mir die Luft zum Atmen. Wir tragen viele Welten in uns. Niemand scheint mit diesem Reichtum umgehen zu können.

Stamm. Stammt. Stammte.

All das sagt mir nichts. Wenn mein Geburtsort erst im frühen 18. Jahrhundert in Dokumenten auftaucht und dort auch der Name meiner Familie, wo waren sie zuvor gewesen? Wer waren sie gewesen? Wenn ich nach ethnischer Herkunft gefragt werde, dann sehe ich die verwirrende Vielfalt der Hautfarben, Gesichtsformen, Sprachen, Religionen, Glaubenspraktiken und die Antwort verliert für mich jegliche Bedeutung.

Sie ist nur dann wichtig, für mich, wenn ich mich in all diesen Menschen wiedererkenne, mich in ihnen sehen kann. Dann, und nur dann, ist die Freude darüber, hier eine Verbundenheit zu finden, die jeden Einzelnen von uns übersteigt, die jenseits von unserem kleinlichen Denken liegt, das, was zählt.

Die Sprachkunst, die Tradierung kunstfertigen Erzählens in meiner Familie, ist eine Quelle für meine eigene Kunst.

Im Haus meiner Eltern standen lange Zeit sichtbar nur wenige Bücher im Regal, ein Koran und eine Lyriksammlung eines Dichters des 18. Jahrhunderts aus ihrer Heimatregion. Ausgelesen, fast auseinanderfallend, mit aller Mühe gehalten von grünem Kreppband, das den pinkfarbenen Einband umfasste. Ein verbranntes Goldbraun die Seiten. Neben islamischen Gebetsbüchern und Koranübersetzungen lag in einer Schublade

Langenscheidts Deutsch für Ausländer. Damit hatte mein Vater bei seiner Einreise versucht, Deutsch zu erlernen. Auch dieses kleine Taschenbuch las ich, das nicht im klassischen Langenscheidt-Gelb meiner Wörterbücher leuchtete, sondern dessen gummierter Einband in einem seltsamen Grün gehalten war. Zeichnungen von Menschen in Alltagssituationen. Frauen und Männer, wie sie einen Feierabend-Cocktail zu sich nehmen, die Gläser hochhaltend, bereit zum Anstoßen. Alltag. Nicht von meinem Vater.

Als ich ein kleines Mädchen war, las ich die Klatschzeitschriften bei der Hausbesitzerin, in deren Haus wir einige Zimmer im Obergeschoss gemietet hatten. Ich saß auf einem altmodischen Sofa, neben dem ein mit Chintz bezogenes Telefon stand. Begierig sog ich die Welt der Königs ein. Egal was, wo Buchstaben waren, da war ich, um sie zu lesen.

Doch nicht immer hatte ich Vertrauen in mein Können. Konnte mich nicht sehen. Sah nicht mich. Sah niemanden wie mich. Da oben. Da draußen. Dort in den Buchregalen. Buchläden. Zwei „nicht-deutsche" Autoren fallen mir ein, die plötzlich auftauchten, die hineinkrachten in diesen Literaturbetrieb, in dem die Töchter und Söhne von Literaturprofessoren, Autoren, Museumsdirektoren, Künstlern und Akademikern ihre Praktika machten, Literaturhäuser leiteten, Rezensionen schrieben, selber Bücher über ihr Leben für Menschen wie sie selbst schrieben. Diese anderen beiden Autoren wurden gefeiert. Sie kamen, wirbelten alles durcheinander, und dann … verschwanden sie.

Für einen kurzen Moment von Hoffnung und auch Stolz, irgendwie waren sie dagewesen, da oben, da in der

Mitte. Doch dann verstummten ihre Stimmen. Sprachen sie nicht mehr zu uns, die da noch hoffnungsvoll warteten, dass auch sie einmal „drankämen“.

Das Warten würde nie ein Ende nehmen, stellte ich fest. Niemand würde meine Geschichte erzählen. Keiner die Geschichten schreiben, die ich lesen wollte, in denen auch ich sein wollte, in denen ich die Hauptrolle spielen würde. Also schreibe ich selbst. Die Inspiration und das Wiederfinden geschah in englischsprachiger Literatur.

Auch in diesem Buch tauchen gelegentlich Worte und Sätze in anderen Sprachen auf, meist Englisch oder Türkisch. Andere Menschen träumen in Farben, ich träume in Sprachen.

Für mich ist dieses „Fehlen“ – also der Kanon, die bürgerliche Herkunft, das Deutschsein - kein Fehlen, es ist ein Sein, ein Werden, das mich zum Schreiben führt. Das, worin alles liegt, alles liegen muss. Dem, dem alles entspringt. Dort, wo alles geschieht. Das, was ist; was ich bin.

Kongruenz

Genus
Grammatik
Sprache
Ausdruck
Stimmt
Kongruenz

Farbe
Haut
Haus
Adresse
Shoppingtüte
Stimmt
Kongruenz

Haus
Garten
Grill
Terrasse
Töpfe
Geschmack
Geruch
Bilder
Töne
Stimmt
Kongruenz

Kleidung
Aussehen
Gesichter
Mund
Nase

Augenfarbe
Stimmt
Kongruenz

Satt
Glatt
Hat
Welt
Vermessen
Stimmt
Kongruenz

Glück
Geld
Geburt
Rechte
Kunst

Arbeit
Grab
Staat
Stimmt
Kongruenz

Dinge und Orte

Als Kinder konnten wir uns immer wieder, so wie es nur Kinder mit dieser Ausdauer tun können, über den Schriftzug auf unserem prall gefüllten Kühlschrank in der Türkei amüsieren. Wir sagten: Das ist zum Be-öm-meln. Nur Zweisprachige, also in der Regel unsere Cousins und Cousinen aus Berlin, die auch ihre jährlichen Sommerferien in Anatolien verbrachten, konnten das ebenso amüsant finden wie wir, denn bosch bedeutet in Türkisch „leer". Mega-Witz.

In Deutschland stand kein Bosch. Irgendein No-Name, ich glaube, es *gab* nicht einmal einen Schriftzug.

Die Gastarbeiter erster Stunde pflegten doppelte Haushaltsführung.

Töpfe, Pfannen, deutsche Markennamen. Stumme Zeugen einer Zeit, deren Geschichte noch lange nicht zu Ende erzählt ist. Auf blitzblanken Marmor-Arbeitsplatten, mit der Rage und Zielstrebigkeit einer türkischen Hausfrau, porentief sauber geschrubbt, unter Verwendung von Putzmitteln, die schon lange nicht mehr zugelassen sind.

Die besten Materialien, professionell verarbeitet. Hochmoderne, vom Tischler gebaute Einbauküchen, von denen meine Mutter in ihrer winzigen Resopal-Küche in Deutschland träumte.

Ich stelle mir vor, dass in jeder türkischen Stadt irgendwo eine vollausgestatte Wohnung, eine Küche, ein Wohnzimmer, mit prachtvollen Vorhängen, weichen Teppichen stumm wartet. Warten, auf jene, die da nicht mehr kommen werden. Warten, auf ein Leben, ungelebt, das nicht mehr gelebt werden kann. Die Gezeiten der Zeit leise und tosend über sie hinweggefegt.

Noch in seinem letzten Lebensjahr hat mein Vater schwarzen Marmor oder Basalt, jedenfalls einen hochwertigen Stein, aus Italien bestellt, um seine Küche in der Türkei mit einer respekteinflößenden Arbeitsfläche auszustatten. Benutzt hat er sie nie. Als sie endlich da war, war er bereits tot.

Sechs Wochen im Jahr guckten sich diese Gastarbeiter ihre Waschmaschinen (Miele), Kühlschränke (eben: Bosch), Radiogeräte (Grundig), Schreibmaschinen (Olympia), Staubsauger (AEG) stolz an. In dieses Sammelsurium deutscher Industriegeschichte der Nachkriegszeit reihten sich im Laufe der Jahre Toaster, Mixer, Wasserkocher, Mikrowellen und etliches mehr. Alles hatten sie über den Zeitraum von etwa 30 Jahren mit ihren Autos in die Türkei befördert, Schikanen am bulgarisch-türkischen Grenzübergang auf sich genommen. Meine Eltern hatten sogar einen eigenen Raum nur für das Geschirr und allerlei andere Waren, aufbewahrt in blauen Tonnen, die früher als Farbfässer in der Chemiefabrik dienten, in der mein Vater arbeitete. Aus ihnen ragten Teller mit Goldrand und Blümchenverzierung hervor. Tantiges Kaffeegeschirr, aus dem ein Türke nie seinen Kaffee trinken würde. Überall stapelten sich Topf-Sets, über die jede Wohnzimmer-Bar unmittelbar in Verzückung geraten würde. Schwere, rote Emaille-Töpfe, die für den Gasherd geeignet waren. Ich liebte es, durch dieses Zimmer zu stöbern, obwohl verboten, die Gläser und Tassen in die Hand zu nehmen, sie zu betrachten und zufrieden zu seufzen. Die

Schreibmaschine war der einzige Gegenstand, den ich aus diesem Zimmer herausnehmen und benutzen durfte. Sie war quietsch-grün und klein. Eine Reiseschreibmaschine. Irgendwann haben meine Eltern dieses Zimmer aufgelöst.

Wie viele Migranten-Eltern warfen auch sie nichts weg. Unser Keller ist bis heute vorbildlich aufgeräumt und beinahe archivarisch organisiert.

So warf meine Mutter zwar nichts weg, aber irgendwann kamen die bunten Töpfe aus der Mode. Vielleicht erkannte sie auch, dass niemand von uns in der Türkei heiraten, dort leben und Töpfe aus den 70er Jahren benutzen würde. So packte sie immer mal wieder einen Kochtopf ein und überreichte ihn einem jung vermählten Paar im Dorf. Sie verschenkte auch die gesamte türkische Aussteuer, die sie für uns Mädchen in jahrelanger Arbeit hatte anfertigen lassen. Auch sie musste erkennen, dass Spitzendeckchen und Häkelborten aus einer anderen Zeit, einem anderen Lebenstraum stammten.

Diese Marotte, alles aufzubewahren, nahm bisweilen sonderliche Züge an. Da war die Sache mit den Smirnoff-T-Shirts. Einer meiner Brüder war in der Event-Branche tätig. In seiner Wohnung in Deutschland stapelte sich Promotion-Kram: Kugelschreiber, Käppis, Schlüsselanhänger und eben kistenweise dunkelblaue Damen-T-Shirts in der Größe S, mit dem Schriftzug der Wodka-Marke Smirnoff quer über der Brust.

An einem Ferientag verbrachten wir Zeit in dem Heimatdorf meiner Eltern. Auf der staubigen Dorfstraße liefen uns Kinder entgegen. Die T-Shirts kamen mir bekannt vor. Im streng puritanisch-muslimischen Dorf hatte der Pragmatismus meiner Mutter offenbar deutlich über die allgemeine Alkohol-Abneigung gesiegt, oder, mein Bruder, der Schelm, hatte ihr nicht gesagt, wofür die Werbung galt. Ich schwieg. Der Smirnoff-Schriftzug hüpfte uns jedenfalls auf etwa einem Dutzend Kinderleibern entgegen. Das sind doch ganz gute Shirts, sagte meine Mutter zufrieden.

Die Sehnsucht nach einem bequemen Leben machte die Gastarbeiter zu wahren Bauunternehmern mit Visionen. Ihre Häuser statteten sie mit Solar- und Gasenergie aus.

Von allem nur das Beste, um es später, „wenn wir zurückgehen", zu benutzen, um es „gut und bequem" zu haben.

Während in Deutschland karge Wohnungen in schäbigen Wohngegenden, Verzicht und buchstäblich der Sparstrumpf auf sie warteten. Meine Eltern trauten keiner Bank. Ihr Geld bewahrten sie anfänglich tatsächlich zuhause auf. Auf unseren Autoreisen in die Türkei nähte meine Mutter D-Mark-Scheine in ein Unterhemd ein, das sie dann am Leib trug.

Alles, alle Luxusartikel, auch der gute Ali-Instant-Kaffee von Aldi, wurde ohne mit der Wimper zu zucken mehrere tausend Kilometer auf einen anderen Kontinent gezerrt. Jedes Kaffeegedeck ein Szenario, das gelebt werden wollte. Jedes Küchengerät, das ein bequemes Leben versprach.

Vollständig eingerichtete Räume warteten geduldig hinter verschlossenen Türen und verdunkelten Fenstern auf den Sommer. Dann, wenn sie kommen. Die Gastarbeiter. Wenn sie sie öffnen. Wenn sie über die glatten Arbeitsflächen streichen, wenn sie den kalten Stein an den Händen und den weichen Teppich an den nackten Füßen spüren, wenn sie wissen, dass sie wieder Abschied nehmen werden von diesem Leben, das sie nie ganz gelebt, nur kurz bewohnt und dann bis zum nächsten Sommer abgeschlossen, den Schlüssel an einem besonderen Bund, aufgehängt in einem altmodischen deutschen Schlüsselkasten, einen Moment zu lang in der Hand gehalten. Sich ins Auto gesetzt und losgefahren sind. Richtung Zurück. In ihre gebrauchten Möbel und schrecklich-scheußlichen Tapeten. Kulissen eines Lebens, das sie durchliefen, weil das eigentliche Leben woanders verharrte. Von Sommer zu Sommer.

Noch heute warten manche Häuser und ihre Küchen auf den Sommer. Die Küchen, mit ihren Bosch Kühlschränken, Miele Öfen. Ein Herd ist das Herz des Hauses sagt man in der Türkei und wenn ein Unglück geschieht oder jemand stirbt, dann ist „sein Herd erloschen".

Jetzt, im Alter, könnten sie kommen, die Gastarbeiter, könnten durch ihre Häuser schreiten, in ihren Küchen kochen, müssten nicht warten, dass der Sommer kommt. Müssten nicht das Licht herbeisehnen. Müssten nicht schrottreife Autos über den Balkan fahren. Müssten nicht mit Zollbeamten hadern. Könnten fliegen. Könnten es endlich bequem haben. Könnten sich an ihren Küchentisch setzen und von vergangenen Zeiten erzählen.

Wo die Dinge wohnen

Wo die Dinge wohnen
Weiß ich nicht
Dinge
nehme ich
in die Hand
jedes eine Geschichte
Dinge
ihr kommt mit mir
manche lasse ich hier
andere gebe ich fort
dort
wo niemand eure Sprache
spricht
wo niemand eure Geschichte
kennt
dort steht ihr
dort wird Neues sein

4 STERBEN

Alphabet der Sehnsucht: *Gurbet*

Göç
means
Migration
in
Türkisch

Kein Ort

Wir fuhren jedes Jahr. In klapprigen Bussen, immer VW, einmal auch Ford. Ford, von dem ich als Erwachsene erfuhr, dass die Deutschen ihn „Türken-Bus" nannten. Der schwarz-weiß gestrichene bauchige Riese verschaffte uns in der Türkei Respekt, sah er doch aus wie die Mannschaftsbusse der türkischen Polizei.

Unsere Eltern machten sich mit uns von Deutschland aus über den Balkan auf den Weg in die Türkei. In Istanbul angekommen, waren wir noch lange nicht am Ziel. Bis ins Innerste Anatoliens lagen noch 800 gewaltige Kilometer vor uns. Doch wir überwanden sie. Mein Vater saß hinter dem Steuer. Manchmal war meine Mutter, manchmal auch ich Beifahrerin. Die endlose Straße und ihre Gefahren im Blick. Auf der Fahrt hörte mein Vater meist nur eine Kassette. *Dağlar seni delik delik delerim*, von Belkis Akkale. *Oh, ihr Berge, ich werde euch durchlöchern, durchstoßen und die Fremde hinter mir lassen.*

Jede Reise in die Türkei hatte eine Rückkehr für uns. Selbst in jenem Jahr, als der Balkankrieg bereits seine ersten Boten unmissverständlich auf die E-5-Route mit straßenblockierenden LKW und Baumstämmen ausgesandt hatte, nicht wissend, dass das unsere letzte Autoreise gewesen sein sollte. Denn der Krieg explodierte und entlud sich in all seiner Widerlichkeit über den Balkan.

Damit endete abrupt der Rhythmus unserer Kindheit. Keine VW, keine Ford-Busse mehr. Kein heißer Asphalt in flirrender Sommerhitze. Stattdessen kalte Flughafenhallen, in denen man trotz aller Vorfreude verloren herumhing, bis der Flug aufgerufen wurde. Gemeinsame Reisen, alle Kinder, beide Eltern, gab es nicht mehr. Erst, zu teuer die Flüge. Dann, zu verzweigt unsere Lebenswege als junge Erwachsene.

Ich war noch nie zuvor gemeinsam mit meinen Eltern per Flugzeug verreist. Noch kein einziges Mal mit meinem Vater.

Bis jetzt.

An einem kalten Herbsttag, als die Welt besonders verrückt spielte, starb mein Vater in einem Krankenhaus in der deutschen Stadt, in der er vierzig Jahre gelebt und gearbeitet hatte. Drei Jahre nach seiner Pensionierung. Er hatte diese Stadt nie verlassen, denn einmal *Gurbet*, einmal reicht, pflegte er zu sagen. *Gurbet ...*

Wie der Tod die Geschichte der Gastarbeiter zuende erzählen würde, wie er ein neues Kapitel im Buch der Migration aufschlagen würde, damit hatte ich nicht gerechnet. Dass auch der Tod dem kein Ende bereiten würde, was die Türken *Gurbet* nennen. So wie *Heimweh*, unübersetzbar. *Gurbet*, ist Fremde, Trennung, Sehnsucht, ist die Ferne. (K)ein Ort. (K)ein Gefühl.

Zum Ende unserer Sommerferien freute ich mich auf unser Zuhause in Norddeutschland, auf meine Freunde, auf die Schule. Heimweh hatte ich nach der deutschen Sprache und dem deutschen Brot. Meine Eltern müssen sich nach ihren Familien, Freunden, und ihrem Dorf gesehnt haben, schon als sie die Rückreise antraten. Vielleicht war es besonders schmerzhaft, wenn sie in Deutschland ankamen und ihren Alltag antraten? Wortgewandt und mit reichem Sprachvermögen ausgestattet, fanden sie offenbar keine Worte für ihren Schmerz.

Gurbetçi. Fremdlinge, Wanderer zwischen den Welten, Heimatlose, Fernlinge. So wurden die ausgewanderten *Gastarbeiter* in der Türkei gerufen.

Sie sterben nun, kaum im Ruhestand, an Erkrankungen, deren Namen sie oft nicht auszusprechen wagen. Diese schlimme Krankheit, flüstern sie, und meinen Krebs.

Freunde und Verwandte waren in die Wartehalle des Flughafens gekommen, um sich von meinem Vater zu verabschieden. Seinen versiegelten Sarg hatte die bauchige Turkish Airlines Maschine bereits verschluckt. Cargo. Luftfracht. Wir stiegen ein.

Wir brachten meinen Vater, den *Gastarbeiter*, der er Zeit seines Lebens geblieben war, nachhause. Er hatte sich eine Bestattung in seiner Heimatstadt gewünscht.

Die Beerdigung lag hinter uns. Das Flugzeug hob an. Als das anatolische Hochplateau mit seinen majestätischen Bergketten unter uns lag, traf es mich mit einer ungeahnten Wucht. Das Flugzeug entfernte sich. Un-umkehrbar. Reiste zurück. Für immer. Halt, halt, wollte ich rufen. Halt, mein Vater. Baba ...

Mich packte und würgte am Hals, die Erkenntnis, er wird nie mehr zurückkehren. Nie mehr. Das, beinahe musste ich ungläubig lachen, *das* war tatsächlich seine *letzte* Reise gewesen. In einer kalten Kiste aus Blech. Ein letztes Mal hatten wir ihn hineingetragen in sein Haus, das er in harter Arbeit und einem entbehrungsreichen Leben errichtet hatte, und wieder hinaus, hoch auf die Hügel über der Stadt, wo wir ihn begraben hatten.

Und nun saß ich hier in diesem Flugzeug, das mich zurückflog, Kind eines *Gastarbeiters*. Als das Flugzeug in der Kühle des norddeutschen Herbstes aufsetzte und uns in den grauen Tag entließ, guckte ich mich um. Keine Spur von meinem Vater.

Kein Grabstein. Als ob er nie dagewesen, *hier* gewesen war. Nicht die Mauern der Hochhaussiedlungen der Vorstadt Ziegel um Ziegel gesetzt hatte. Nie an der Werkbank gestanden. Nie die Straßen hier entlanggelaufen. Nie mit uns in klapprigen Bussen über den Balkan dreitausend Kilometer gefahren. Nie. Ich war untröstlich.

In weiten Teilen Anatoliens, aus denen diese *Gastarbeiter* meist stammen, ist die Erinnerung ein unablässiger Strom an Geschichten, der durch Erzählungen gespeist wird, die von Generation zu Generation weitergereicht werden. Ihre Geschichten drohen mit ihnen zu verschwinden, wie auch ihre Bezeichnung *Gastarbeiter* kaum mehr Bedeutung hat. Sie sind Geschichte.

Die Grabstätte meines Vaters blickt hinab auf die anatolische Stadt, die auch nie ganz zu seiner Heimat geworden ist, denn das war stets sein Dorf gewesen.

Und ich, ich blicke in die norddeutsche Weite. Suche Spuren meines Vaters. Er war hier.

das lied der kraniche

einst saßen wir auf koffern
wir sangen
in dieser Stadt bist du immer
der Fremde
und
allein
wir sangen von
bergen, bäumen und flüssen
von der liebsten
vom lächeln des geliebten
unsere seelen sehnend umschlungen
schmiegten sich um eine Haarsträhne
dunkelster locken

unsere blicke
am himmel
sahen

kraniche ziehen
fliegt davon fliegt kraniche
kronen zieren eure häupter
kraniche
bleibt doch
hier

unsere körper an maschinen
unsere hände im feuer
unsere füße auf kaltem stahl

Blau. Weiß.

Weiß.

Wusstest du, dass die Farbe der Trauer in Indien Weiß ist? In Marokko auch. Die Türken kennen keine Farbe der Trauer. Ich trage Schwarz. Schwarz schluckt das Licht. Weiß lässt es erstrahlen. Meine Bluse ist schwarz und weit. Mein Rock tiefschwarzes Crêpe de Chine. Bodenlang. Beine in opaquer Strumpfhose. Mein Gesicht bleich. Ich versinke in meinem schwarzen Refugium. Ich höre das Weinen der Klageweiber. Fetzen der Koranrezitation wabern herüber aus dem anderen Zimmer.

Weiß war das Leichentuch. Weiß. Über dem Friedhofshügel ragen die Pappeln stumm in den Himmel. Ich gehe an den Männern vorbei. Sie heben den in Weiß gehüllten Leichnam und lassen ihn hinab in die rote Erde. Ich marschiere immer weiter. Schneller. Unten empfängt mich die Kakophonie der Stadt. Trägt mich bis zum Flughafen. Zuhause ist der Sommer noch weit. Ich steige in die weißen Laken, schmiege mich an ihr sanftes Leuchten und versinke in ihren Strahlen. Schwarz liegen meine Kleider am Boden. Meine Augen schließen sich.

Blau.

Blau. Blau strahlt der Himmel. Wusstest du, dass man die Türken *Göktürk* nannte. Die blauen Türken, weil sie den

Himmel und seine Ordnung so sehr verehrten. *Gök*, der Himmel.

Das samtige Zitronengelb der Hauswand stemmt sich gegen diesen blauen Himmel. Weit strahlt er, weit, weit hinaus. Gelb. Blau.

Drumherum Braun, Ocker, verblichenes Rot, die Farben Anatoliens, die Farben des Herbstes, *Güz*.

Noch wärmt die Sonne. Bald wird es schneien und schneien und schneien. Alles wird weiß sein. Der Himmel stechend blau.

Wir stehen mit den Geschwistern und dem Onkel vor der bleichen Hausmauer und dem türkisfarbenen Eisentor. Türkoise. Es ist November. Ich trage Schwarz. Die anderen nicht. Ich kann nicht anders. Mein Onkel hat uns eingesammelt, in sein Auto gesetzt und uns der Trauergesellschaft entführt. Wir verlassen die Stadt. Das mächtige Blau des Himmels empfängt uns, umhüllt und trägt uns. Fort. Richtung Dorf. Mein Blick schweift umher. Die anatolische Hochebene und ihre Weite macht uns sprachlos. Von hier kam der Vater. Hier über diese Felder und in diesen Weiten ist er umhergewandelt. Hat hier sein Pferd festgemacht und dort sein Feld bestellt. Ist hier über den Bach gesprungen und hätte es um ein Haar nicht geschafft. Die Hand des Freundes in letzter Sekunde gepackt. Auf dieser Straße, in diesem Staub, der hinter dem Auto herstobt, sich auf den Weg gemacht. In eine Zukunft, so ungewiss wie verheißungsvoll. *Almanya.*

Auf diesem Weg fahren wir nun ein, in das Dorf. Machen Halt vor den Gräbern unserer Familie. Sprechen ein Gebet und treten hinein in den Ort. Mein Blick richtet sich auf das Zitronengelb und den blauen Himmel, vorbei an den Männern, die herbeigeeilt sind bei unserer Ankunft.

Entfernte Verwandte von uns. Einer raucht mit traurigem Blick. Ich starre auf das Tor. Haus Nummer 1. Das ist unser Haus. Seit dreihundert Jahren wohnen wir hier. Ich schlüpfe durch das Tor, hinein in den verwilderten Garten. Dort steht ein Haus an der Stelle meines Geburtshauses. Die Eltern haben das Haus aus Lehm und Granitstein abreißen und einen modernen Bau an seiner Stelle erbauen lassen.

Früher war die Hauswand zum angrenzenden Gebäude weiß getüncht. Heute zitronengelb. Nur, ich wohne nicht hier. Wir wohnen nicht hier. Nicht mehr. Nimmer mehr. Mein Vater ist gestorben. In Deutschland. Ein letztes Mal haben wir ihn begleitet auf dieser Reise, haben ihn begraben auf den Hügeln über der Stadt. In dieses Dorf sind wir gekommen. Ich weiß nicht, warum.

Ich gehe die Dorfstraße entlang. Stille. Nur der Himmel und ich. Ich bleibe vor einem Haus stehen und gucke in ein Fenster. Sehe mein Gesicht dort. Ungeschminkt. Im schwarzen Kopftuch. Blass und ernst gucke ich aus dem Fenster zurück. Dort in der Ecke ist der Himmel. Ich richte meinen Blick nach oben, lege meinen Kopf in den Nacken und gucke hoch. Er leuchtet blau.

Zuhause in Deutschland ist der Himmel jetzt im Winter grau. Kein Grab. Kein Stein. Kein Ort der Erinnerung. Kein *Ding* der Erinnerung. Nur ein dunkelblauer türkischer Militärpass meines Vaters. Aus seiner Zeit vor Almanya. Nur dieses eine Foto vom samtigen Gelb, das sich gegen den blauen Himmel stemmt. Rauch steigt auf. Ich mache kehrt und gehe an dem schmiedeeisernen Tor vorbei. Laufe weiter. Hinaus. Lasse drei Jahrhunderte zurück.

Türkisblau leuchtet das Tor hinter mir her.

Miniatur ohne Titel

Arbeit
Lost
In
Translation
Sprache
Los
Werkssirene
Almanya
Ja
Git

Keine
Tränen
Kein
Bedauern
Keine
Pause
Mut

Angst

Essen

Seele

Auf

Hände

Brot

Stein

Kein

Zurück

Keine

Worte

Nur

Taten

Keine

Zeit

Für

L~~iebe~~eben

Das Testament

„Unterschreiben Sie hier, hier und hier“, die Stimme des Notars dringt aus der Ferne zu mir. Unverwandt starre ich auf das Papier. Der Zeigefinger des Notars schiebt sich in mein Gesichtsfeld. „Hier, Madame, hier unterschreiben bitte!“ Ich spüre eine Hand auf meinem Arm. „Kind, jetzt unterschreib', dann können wir alle Nachhause gehen!“ Mein Onkel. „Alle mobilen und immobilen Güter gehen in den Besitz Ihrer Mutter. Sie verzichten auf Ihren gesetzlichen Erbanteil“, rattert der Notar herunter.

Ich stand in einem kleinen Büro. In Anatolien arbeiteten Notare offenbar auch am Freitagnachmittag. Der kleine Raum war ausgefüllt mit einigen Wartenden und Beamten, die unablässig in Computertasten klackerten, Dokumente druckten, stempelten, tackerten, lochten, geschäftig hin und her gingen. Der Notar las die zu unterschreibenden Dokumente routiniert vor, klopfte geduldig auf jede Seite eines Dokuments an die Stelle der Unterschrift. Meist mit seinem Stift, gelegentlich auch mit seinem Finger.

Vielleicht dachte er, dass der Finger einen Tag nach der Beerdigung diesen bürokratischen Akt menschlich machen würde. Vielleicht brauchte er aber auch nur etwas Abwechslung. In der Mitte des Raumes stand ein kleiner runder brauner Blechofen. Die Luft war warm. Die Fenster beschlagen. Mein Magen drehte sich. Wir sollten vierzig Tage warten, denke ich. Vierzig Tage sieht die Tradition vor. Vierzig Tage, um zu trauern und zu begreifen, was geschehen ist. Wie die Gedanken durch einen Nebel zu mir gedrungen waren, so verschwanden sie auch wieder. In einer dicken, undurchsichtigen Suppe von allumfassender Trauer, von Wut, von Hilflosigkeit, von Erschöpfung. Ich muss mich setzen. Wir warten. Eingeschlossen in diesem kleinen Zimmer. Jeder versunken in seine Gedanken.

Früh morgens hatten wir festgestellt, dass ich keinen türkischen Personalausweis besitze. Der Onkel schickte uns zum Ortsvorsteher. Der Ortsvorsteher ist der Besitzer des örtlichen Tante-Emma-Ladens. Wir gehen durch den Laden, vorbei an Gemüsekisten und Zuckersäcken. Durch eine Geruchswolke von Oliven und Waschpulver und frischem Brot. Beinah ringt mich diese Erinnerungswolke an vergangene Sommerferien nieder.

Das „Büro" des Ortsvorstehers bestand aus einigen Hockern, einem riesigen braunen Schreibtisch, der den gesamten Raum einzuverleiben schien. Dahinter saß ein untersetzter Mann mit einem dicken Schnurrbart und dichten, buschigen Augenbrauen. An der Wand hinter ihm Fotos, die ihn mit offiziell aussehenden Personen zeigten und solche, von denen seine Kinder und seine Frau hinabblickten. Auf dem Schreibtisch prangte sein Name auf einem Messingschild. Er holte ein riesiges Registerbuch hervor. Er blätterte durch die Seiten und fuhr auf jeder Seite mit seinem Zeigefinger die Zeilen ab. Er blickte auf und schüttelte den Kopf. „Ich bedaure, aber ich habe keinen Eintrag für ihre Familie hier vorliegen. Ich kann nichts tun, da müssen Sie direkt zum Einwohnermeldeamt."

Irritiert stotterte ich: „Wie, wie kann das sein? Das Haus steht da doch schon seit über dreißig Jahren." Sein Bart zuckte wie ein Pinsel, seine Mundwinkel zeigten nach unten. „Ich bedaure, junge Dame, aber vielleicht hat ihr Vater das Haus nie angemeldet, um keine Steuern zu zahlen.“

Das ganze Zimmer dreht sich mittlerweile. Schnurrbart, Augenbrauen, Namensschild, die wohlgenährten Kinder an der Wand, die Handshake-Bilder, Steuern, vielleicht nicht gezahlt, nicht angemeldet, Sie existieren nicht, ihre Familie taucht hier nicht auf, gibt es in diesem Buch, in diesem Viertel nicht. Ich friere. Der Blechofen bollert. Ich rufe den Onkel an. Der Onkel kommt. Die beiden Männer mögen sich auf Anhieb nicht. Der eine trägt Schnurrbart, der andere Vollbart. Ich denke, sie sind wahrscheinlich Mitglieder gegnerischer politischer Parteien.

In dieser Stadt ist das doch die ewig gleiche dissonante Begleitmelodie, denke ich frustriert. Vielleicht habe ich auch Unrecht. Was weiß ich schon. Ich bin nicht von hier. Ich sage nichts mehr. Ich schweige, weil ich die Spielregeln nicht kenne, weil ich fremd bin. Eine Fremde. Eine, deren Familie nicht einmal im Register des Ortsvorstehers auftaucht. Eine, die ihren Vater gestern begraben hat. Nach einigen hitzigen Telefonaten verabschieden wir uns. Wir müssen zum Einwohnermeldeamt.

Sobald wir den Raum betreten, werden wir gleich von einem Beamten im weißen Hemd und dunkler Krawatte angesprochen. Der Onkel und der großgewachsene Mann tauschen ein paar Höflichkeiten aus. Der Onkel geht zurück in den Wartebereich. Ich setze mich. Der Beamte sagt: „Ich kannte Ihren Vater. Das war der Mann, der immer so viel zu tun hatte. Immer etwas zu erledigen.“ und schmunzelt dabei. Macht er sich etwa lustig über diesen Gastarbeiter aus Deutschland, diesen *Almancı*, dessen

Papierkram nie ein Ende fand, der immer neue Anträge stellen, immer neue Dokumente einreichen, abholen, bestätigen lassen musste?

Ich möchte ihm unter dem Tisch fest gegen sein Schienbein treten, damit sein doofes Grinsen aus seinem Gesicht fällt, aber ich sage nur: „Ja. Das war er." Der Beamte hält kurz inne in seinen Bewegungen und starrt mich an. Dann gibt er meine Daten in den Rechner ein und sagt: „Sie sind Bürgerin der Republik Türkei." Ich sage: „Nein. Ich bin 1998 ausgebürgert worden. Per Ministerialbeschluss." Der Beamte ist unbeeindruckt. „Sie sind Bürgerin der Republik Türkei seit 1999. Hier steht es." Seine Hand zeigt auf den Bildschirm. Ich sage: „Unmöglich". Er aber zuckt nur mit der Schulter und sagt: „Sie haben eine doppelte Staatsbürgerschaft. Das hat man 1999 so beschlossen." Offenbar hielt es aber niemand für nötig, mich zu informieren. Zwanzig Jahre lang nicht. Mir ist das egal, denke ich, ich brauche diesen Pass nicht. Die Finger des Beamten fliegen über die Tastatur. Er wirbelt auf seinem Bürostuhl herum. „Haben Sie ein aktuelles Foto dabei?"

Von dem Passfoto blickt mich ein Geist an. Augenbrauen verblasst. Lippen stumpfrosa. Der Hintergrund kalkweiß. Mein Haar ist streng zurückgebunden. Nur die Augen glänzen dunkel. Das Fotostudio befindet sich im Keller. Ein paar Doktormützen liegen herum. Es gibt auch ein Harry-Potter-Kostüm. Vierundzwanzig Mal. Geisterbilder.

Dem Notar reiche ich die Fotos. Es gibt kein Testament. Der Vater hat keins gemacht. Wir müssen den Amtsweg gehen. Ich verzichte auf ein Erbe. Der Vater habe das so gewollt sagt der Onkel.

Ich stehe vor dem Haus, an dem der Name der Sippe prangt. Das Haus meines Vaters. Alles für dieses Haus. Für diesen Traum, der nicht meiner war. *Almanya.* Ich nehme meinen Koffer und steige ins Taxi.

Ich habe nicht in den Sarg geguckt. Nicht hinabgesehen, als sie den Leichnam meines Vaters in die Erde gegeben haben. Ich sehe nur das leuchtend weiße Leichentuch in einem gelben Meer von Sand auf dem Friedhofhügel. Mein Cousin sagt, komm, guck, dir das an. Ich schüttele stumm den Kopf. Tränen fließen in meine schwarze Kleiderhülle, in der ich verschwinde. Weich drückt sich der Stoff meines Schals gegen meine Haut. Ein Mann stellt sich zu mir. Er sagt: „Wir kannten uns, seit wir kleine Kinder waren." Ich blicke auf in ein freundliches Gesicht. Ich kenne ihn nicht. „Er war ein guter Freund", sagt er und legt seine Hand kurz auf meinen Rücken, dann eilt er davon.

In Deutschland steige ich in mein Bett und versinke für Monate darin. Dann eine Nachricht. Wir haben ein Testament gefunden. Handschriftlich. Bereits einige Jahre alt. Die Söhne und die Mutter erhalten etwas. Wir Töchter werden nicht erwähnt. *Eski kafa*, denke ich, altes Denken.

Aus dem Nichts sickert dieses Gift in unser aller Leben. Verschont nichts. Nicht die Dreiteiler-Anzüge, die weißen Hemden mit steifem Kragen. 40 Jahre. In der Woche Fabrikarbeiter. Am Wochenende Gentleman. Nicht die Geschichten. Nicht die Orte. Nicht das Haus. Nichts ist geblieben. Kein einziges DING. Keine Erinnerung. Nicht als Gastarbeiter. Nicht einmal als *Almancı.* Dreißig Jahre in einer Straße, ein Dasein als Geisterhaus, das all unsere Träume in seinen gierigen Schlund sog. Der Traum von *Almanya.* Ein Dasein als Geist. Nicht hier. Nicht dort.

kara toprak / / schwarze Erde

kara toprak
begrabt mich in dunkelroter Erde
pech schwarz
kara kara
toprak

Erdklumpen prasseln
hernieder

vocabulary of loneliness
loneliness
Sprache ohne Worte
Buchstaben ohne Alphabet
loneliness
heißt
Einsamkeit

kara toprak
mein treuer Gefährte
Wiegenlied

schwarz und blutrot
klopft die Erde auf
Holz
versenkt
verstummt
es steht noch ein Freund
blickt hinab
sagt leise

elveda

ich komme wieder

5 SCHWEIGEN

Alphabet der Sehnsucht: *Zindan*

Gastarbeiter

Gastarbeiter Gast Gast Gast
Zeig her, was Du gewonnen hast
Sag uns, was Du verloren hast
Gast Gast Gast

Du bist ein großer Mann
Baust ein Haus
Zeugst einen Sohn
Bäume hast Du schon

Gastarbeiter Gast Gast Gast
Zeig her, was Du gewonnen hast

Bald wirst Du ein großer Mann sein
Bald allein
Von den Hügeln der Stadt
Blickst Du einsam hinab
Almanya keinen Grabstein hat

Gastarbeiter Gast Gast Gast
Zeig her, was Du mitgebracht hast
Aldi Schokolade, Ali Kaffee
Und einen VW

Gastarbeiter Gast Gast Gast
Sag was Du erlebt hast
Almanya Arbeiter
Gast Gast Gast
hast hast hast
Dich der Nachbar?
Sag, was Du in Solingen
Verloren hast

Gastarbeiter Gast Gast Gast
Nur keine Hast

Almanya, Almanya
Ich war Dein Gast,
den Du vergessen hast

Zwei Kanister Benzin

Zwei Kanister Benzin
hast du genommen
Zwei Kanister Benzin
Kanister
Benzin, Benzin
hast du eingeladen
in dein Auto
bist nicht weit gefahren
nur ums Eck
vorbei an der Apotheke
am Bäcker
am Metzger
an der Kirche
am Haus von Mehmet
dem alten
Gastarbeiter

Schwarz-weiß Fotos
Koffer in der Hand
am Bahnhof
bist vorbeigefahren
am Fluss der Stadt

Zwei Kanister
Benzin
randvoll
blubberten bedrohlich
in die entschlossene
eiserne Stille deines
Wagens
vorbeischallend
an Mehmets Haus
aufgebaut
abgespart
abgearbeitet
der alte
Türke
an der Stadtmauer
steht
sein Haus

Zwei Kanister Benzin
hast du geparkt
bist ausgestiegen
aus dem Kofferraum
mit einem einzigen Koffer
in der Hand
aus dem Zug
der Koffer zuvorderst
einem Leben entstiegen
im freien Fall
ein neues geschaffen
Fuß gefasst
Mehmet
baut ein Haus

Zwei Kanister Benzin
hast du gepackt
kalter Hass in deinen Händen
Zwei Kanister Benzin
ergossen
sickern in die Erde
vor
Mehmets Haus

Was ist Rassismus

macht mein Herz so schwer
trifft mich
sehr
oft
ist dumm
ist die Dunkelheit
des Herzens
seine Verhärtung

nach Wut
rasender
Wut
kläglicher
Rest
Trauer
vertrocknet
wie das

Blut
auf
aufgeplatzter Haut

an zertrümmerten Knochen
verkrustet
wie das Denken
das es erst möglich
macht

Rassismus
du bist
in mein Leben
getreten
auf den Straßen
der Gastarbeiter
auf Kopfsteinpflaster

Nagelbomben
Dönermorde
Istanbul Connection
Interkulturelle Tage
Rassismus Wochen
das verrückte Huhn ist wieder da
entdecke
Aktionstage Rassismus

meine Tränen
versteckt
hinter
meinem Stolz
niemals
neige dein Haupt
nicht
den Eltern folgen

die sagten
we should all keep our heads
down
olur böyle scheyler
these things happen
die Dinge geschehen einfach so
nicht
Orte Dinge Menschen sind
eins
über zeit lich

Ich
ich kann nicht
mehr
geben
für
Rassismus

Ich. Ich will einfach nur
leben
Das Ende der Unschuld
Ausländer raus
Häuser brennen
Glatzen rennen
Stiefel springen
Herzen stoppen
Ende
Das ist Rassismus

schlaflos
fiebrig
wach, wach, wach
irisierend, hämmernd
schreiend, tretend
nie Ruhe niemals

ein Ende
Stille
unerträglich stilles Schweigen

kein Sonntag
keine Nacht
kein Feierabend
Atem, Atem, Atem
Ohne
Ruhe
los, los, los, los
lauf

neige ich den Kopf
fällt er
falle ich
bette ich ihn zur Ruh
verliere ich

stehe auf körper-kopflos
stumpf
dumpf
dann zerreissen Kugeln die
Nacht
die Welt
der Kopf
fällt

Rassismus

kein Bangen
kein Nachgeben

Niemals Nie Wieder

zahlst einen Preis
sie sehen es nicht
bist eine Hülle
rennst im Kreis
holst Wasser
nährst die Kinder
tröstest die Jungen
es brennt
deine Sandkasteneimer voll Wasser
bringen das Feuer nur zum
Lachen
seine Zungen lechzen nach dir

alles bricht entzwei
doch
noch
stehst du inmitten glühender
Asche dampfender Kohlen
Seidenpapieren deine Haut
deine Seele der heulende Wind
stehst da
Erhobenen
Hauptes

Rassismus
Du kriegst uns nicht

a bullet -1- {hanau}

Ich wollte die Kugel für meinen
Sohn
abfangen

Ich wollte das Wasser sein
Ich wollte die Asche sein
Ich wollte
Ich wollte leben

Ich wollte nicht sterben
Ich wollte   sterben
                    wenn ich gelebt hatte
Ich wollte   meinen Sohn
                    lachen sehen
                    wachsen und altern
                    sehen
Ich wollte   schreien

Ich wollte klagen
Ich wollte anklagen

Doch ich
Ich wollte
ein Mensch
sein keine Gefahr
keine Bedrohung
eurer Ordnung
kein Ausländer
kein Fremder
kein Gangster
kein Opfer
keine Waise
kein Toter

Ich wollte nicht
nach Worten suchen
nicht
wissen
was das Wort heißt
für Eltern, die ihre Kinder
verloren

Verloren

Verloren

Verloren

so viel verloren

kein Trost

keine Achtung

Niemals

Erinnerung

Schuld

Anerkennung

Verantwortung

Ich wollte

Solingen

Hausgiebel. Schwarz. Balken greifen nach der Nacht. Finsternis überall.

Vier Fenster oben. Vier Fenster unten. Hohl. Ein Haus in Solingen. Solingen.

„Kennen Sie Solingen?" Mölln und Solingen? Sie hat bereits angesetzt, um die Antwort an die Tafel zu schreiben. Zwanzig Augenpaare starren sie unverwandt an. Sie wartet. Jemand aus der hinteren Reihe murmelt: „Messer. Da kommen doch Messer her, oder?" Aufatmen, nicken. Sie senkt ihre Hand, dreht sich zur Klasse, geht zu ihrem Pult, setzt sich und legt die Kreide auf den Tisch. Als sie ihren Blick hebt, guckt sie in fragende Gesichter. Ja, Messer, das … ist … richtig. Sie stockt. Ein Lächeln missglückt ihr. An Messer habe ich gerade nicht gedacht. Solingen, das ist ein Ort …

Als sich die Nachricht verbreitete, war Wochenende. Samstag der 29. Mai 1993. Es war ein warmer Frühlingstag. Sie war achtzehn Jahre alt. Gerade geworden. Heute war einmal keine Schule. Die Geschwister schliefen noch alle. Sie schlich sich aus dem gemeinsamen Kinderzimmer, um sich aus der Küche ein Glas Milch zu holen. Sie freute sich auf ihr Buch, in das sie hineintauchen würde. Die Stille genießen, bevor alle aufwachen und herumwuseln würden. Sie liebte diesen morgendlichen Frieden. Aus dem Küchenfenster konnte sie auf die Pferdekoppel des angrenzenden Gutshofs gucken. So früh waren noch keine Pferde zu sehen. Sie nahm sich die Milch aus dem Kühlschrank, setzte sich an den Küchentisch und schlug ihr Buch an der Stelle auf, wo sie es am Abend zuvor zurückgelassen hatte. Ihre Eltern waren verreist. Zur Pilgerfahrt nach Mekka. Ab und zu guckte die Nachbarin vorbei, um nach dem Rechten zu sehen. Die Pilgerfahrt endete mit dem Opferfest, das in drei Tagen beginnen würde. Dann würden die Eltern zurückkehren.

In der kleinen Küche hörte man nur das Ticken der Uhr und von Zeit zu Zeit das Rascheln der Seiten, wenn sie umblätterte. Ein Klopfen holte sie aus ihrer Versenkung. Tack. Tack. Tack. Das Klopfen wurde immer schneller und lauter. Rasch legte sie das Buch mit der aufgeklappten Seite auf den Tisch und eilte zur Tür. Wer konnte das sein? Bloß niemanden wecken. Sie brauchte diese Ruhe. Es war *ihre* Zeit. Sie stellte sich auf die Zehenspitzen und guckte durch den Spion. Tante Meryem! Was machte die denn um diese Zeit vor der Tür? War etwas geschehen? Mit den Eltern? Sie öffnete die Tür. Tante Meryem hatte sich offenbar eilig ihr Kopftuch umgebunden und war herübergelaufen. Besorgte Augen blickten sie panisch an: „Tante Meryem! Du bist ja ganz blass. Guten Morgen, komm herein. Ist alles in Ordnung?"

Die alte Dame betrat die nachtwarme Wohnung. Zog sich die Schuhe aus und glitt leise in die Küche.

Sie setzte sich an den Tisch. „Soll ich dir einen Tee machen? Ist alles in Ordnung? Sind es die Eltern?"

Auf der Stirn der Nachbarin standen Schweißperlen. Sie starrte auf die Tischplatte. Eine Gebetskette rann durch ihre Finger. Ihre Lippen bewegten sich still und unablässig. Etwas Entsetzliches musste geschehen sein. Tante Meryem betete.

Was ist denn?, flüsterte das Mädchen, Mama? Papa? Ist etwas passiert? In Mekka hatte es schon furchtbare Unfälle gegeben. Sie legte eine Hand auf die Gebetskette und unterbrach Tante Meryem. Die Nachbarin hob ihren Kopf. Sie rang um Fassung. Dann sagte sie: Sie haben uns verbrannt! *Vay*, *vay*. Sie haben uns verbrannt! In ihrem Blick lag etwas, das das Mädchen noch nie zuvor gesehen hatte. Panik. Angst. Entsetzen. Ratlos rief sie: „Wer? Wen? Wer hat wen verbrannt?"

Die alte Dame schaukelte ihren Körper vor und zurück. Uns, *ya Allah*, uns haben sie angezündet. Frauen und Kinder. Jahrzehnte in ihren Fabriken geschuftet. Und jetzt das. Sie haben uns angezündet. Wir sind verbrannt. Wie Brennholz. Lichterloh haben wir gebrannt. Lichterloh. *Ya, Allah*. Was sollen wir tun?

Das Mädchen war ratlos. Hatte die Tante schlecht geträumt? Sie öffnete den Schrank. Ein Glas Wasser würde die Frau beruhigen. Plötzlich durchfuhr es sie. Ihr Arm hing in der Luft. Halb zwischen Schranktür und Gläsern.

„Haben die Nazis einen Brandanschlag verübt?" Ihre Stimme wackelte nur ein wenig. Jetzt bloß nicht weinen.

Das Schluchzen der Nachbarin war ihr Antwort genug. „Mein Kind, bitte passt auf. Geht nicht hinaus. Bleibt im Haus. Verhaltet euch ruhig. Sprich mit deinen Geschwistern."

Sie schob den Stuhl langsam zurück. Mein Kind. Was für Tage. Was für eine Zeit. Wer schützt uns?

Dann verließ sie die Wohnung.

Das Mädchen starrte auf die Haustür, aus der die Nachbarin schweren Schrittes hinausgegangen war. Auf die Tür, an der es geklopft hatte. Alles drehte sich. Tack. Tack. Tack. Die Uhr. Die Uhr tickte. Tick. Tick. Tick. Tack. Tack. Tack. Ihr Blick wanderte zum Küchentisch. Noch lag ihr Buch da. Das Glas Milch unberührt. Ihr Stuhl schräg zurückgeschoben. Sie spürte den Teppich unter ihren nackten Füßen. Kälte kroch an ihren Beinen hoch. Das Blümchenmuster ihres Pyjamas zitterte seltsam. Sie machte einen Schritt zum Küchenfenster. Die Pferde waren nun auf der Koppel. Die Hauptstraße immer noch leer. Sie lehnte ihre Stirn an das kalte Fenster. Es hatte an der Tür geklopft. Heute morgen. Hatte es an der Tür geklopft. Es hatte gebrannt. Feuer. Giebel. Fachwerk. Fahne. Fahnen. Fahnen. Ruß. Ruß. Ruß. Flammen. Flammen. Flammen. Fünf Frauen und Mädchen waren verbrannt.

In ihrem Inneren verrutschte alles. Wohin? Wohin? Wohin soll ich gehen? Wo? Wo sollen wir bleiben? Warum, warum, warum? Ihr Kopf wurde ihr schwer. Sie drehte sich weg vom Fenster und setzte sich langsam wieder an den Tisch. Nahm ihr Buch. Legte es weg. Stand auf und schaltete das Radio ein. Das Grauen begann sich zu zeigen und ergoss sich über sie.

Wie sollte sie das erklären? Wie den Kindern erklären? Wohin konnten sie gehen? Montag mussten sie doch zur Schule. Ob die Eltern es wohl wussten? Ihre Gedanken waren nicht mehr zu bändigen. Etwas Schwarzes breitete sich in ihrem Inneren aus. Oh Gott! *Wohin* sollten sie gehen?

Die folgenden Tage waren traurig und schwer. Am Montag waren sie dann alle zur Schule gegangen. Das Mädchen hatte mit ihrer Schwester ein Plakat gemalt. Mit einem Spruch über dreißig Jahre Döner und nun das, oder so etwas. Sie hatte sich das Plakat über ihren Mantel gehängt und war damit zur Schule gefahren. In der Schule hatte sie sich auf ihren Platz gesetzt. Wortlos hatte sie ihren Kopf auf den Tisch gelegt und still geweint. Die

Anderen schwiegen betroffen. Jemand hatte irgendwann einen Arm um sie gelegt. Warm lag er auf ihrem Rücken, während sie schluchzte. Das Opferfest hatten sie bei Tante Meryem verbracht. Die kleinen Kinder spielten unbefangen. Die Erwachsenen flüsterten, seufzten schwer und warfen sich besorgte Blicke zu.

Sie hatte in den Nachrichten gesehen, dass die Toten in die Türkei geflogen worden waren. Aus dem Bauch des Flugzeugs rutschte ein Sarg nach dem anderen heraus. Drei große. Zwei kleine. Umhüllt in türkische Fahnen. Fünf rote Kisten. Der Bundeskanzler wollte der Beerdigung nicht beiwohnen. Er fuhr nicht in das Dorf, in dem die Frauen und Kinder begraben wurden. In den Tagen danach, die von Schulbesuchen, der Rückkehr der Eltern und dem Beginn des Sommers erfüllt waren, vergaß das Mädchen nicht. Nicht die Fahnen. Die Giebel. Das ausgebrannte Dach. Wie eine Klaue in den Himmel hinausragend. Nicht das Schweigen der Anderen. Nicht die Weigerung des Kanzlers.

Das Mädchen beendete die Schule. Sie studierte. Ihre Anstellung als Lehrerin trat sie schon bald an. Sie vergaß nicht. Sie hatte nicht vergessen.

Solingen, sagte sie zur Klasse gewandt, ist ein *Ort*. Dort stand einmal ein Haus …

a bullet -2- {hanau}

Vater
meine Augen
in der Ferne
sehen dich
ein letztes
Mal
ein aller letztes Mal
wende ich mich
ab
kein Stein
kein Grab

ein aller letztes Mal
sehe ich dich
an
ein Tag im Herbst
du

gehst
Vater, ich muss
ich sehe dich
später
nie wieder
nie

rot blau blau blau
rot rot rot
Lichter
der Stadt
meine Augen suchen
dich
finden
nicht
grau grau schwarz
stehe ich

warte
still und schwarz
liegt die Nacht
neben dir
rot sickert
schwarz Beton

ich suche dich
sehe dich
nicht
da
zerreisst die Nacht
ein Ton Ton Ton Ton
klagt in den Himmel
ein aller letztes Mal
nicht einmal ein
Strich in der Landschaft

keine

Tränen

Kalt legt sich schwarz

die Nacht ab

Du

Wurzeln

Wurzel, du Hässliches,
was bist du für ein verknöchertes,
verhärtetes
Wort
deine Narben überall

ich habe dich verloren
dich gefunden
manche haben dich gesucht
manche vergessen und
manche ausgegraben

Wurzel
an dir klebt noch Erde
ausgegraben mit bloßen
Händen
in deutschen Schrebergärten

wo man mir sagte, säe Blumen

ich habe dich gesucht in
den Friedhöfen dieser Stadt
in den Gemüseläden
in den Hinterhöfen
ich habe dich gefunden
und du bist mir entkommen
wurdest ausgerissen mit allem,
was du warst, hattest und bist
wurdest über das Meer getragen,
in Züge gezwängt, in Spinden aufbewahrt
hast dich in die Brotdosen geschlichen

hast dich wieder davongemacht
wurdest reingewaschen und wieder in Dreck
getaucht

hast dich von unseren Tränen und Träumen
genährt

immer fragte einer nach dir
nie war das Verhör zu Ende
das dich zu ermitteln suchte

wann immer sie sich deinem Grund näherten
folgten Hände voll Erde
die auf uns dreckig niederregnete
hängenblieb
dein Makel bist du selbst
Wurzel, sagten sie dann

wir
wollten dich finden
deinen Ursprung, deine Heimat
wollten dich dort vergraben
dort
zwischen den Zeilen der
Geschichte
wo niemand von dir
las und alle noch nach dir suchten

6 VERGESSEN

Alphabet der Sehnsucht: *Uzak*

Hinterlassen

Vergessen
das ist
vergessen
wer du warst
was du bist
hast
was
ist
vergessen
sind die
ersten Jahre

vergessen
erste Jahre
in denen alle
gleich

waren
vergessen
enge Wohnungen
abbruchreife
Häuser

vergessen
ist Enge
ist Armut
vergessen
der Anfang
von allem
vergessen
vergessen
Bauarbeiter
Fabrikarbeiter

Fließband
Putzeimer
Wäscherei
Näherei
Brennerei
Kohle
Bergwerk
Tagwerk
Vergessen
Vergessen
Vergessen

vergessen
Schweiß
Hunger
Durst
Sehnsucht
Trauer
Heimweh
Vergessen
Vergessen
Vergessen

vergessen
verdrängt
verträumt
versäumt
gestorben
ohne
Erinnerung

Hinterlassen
Häuser
Wohlstand
Kinder
Hochschulabschluss
Führungsposition
Enkelkinder
Gebäude

Straßen
Häuser
Wirtschaftszuwachs
Frieden
Wohlstand

deine Speisen
dieser Welt
deine Feinkostläden
Alimentari
Süpermarket
Doberdan
Griechischer Wein
kein Schunkellied
hinterlassen

du bist vergessen
verdrängt
verweigert
deine Erinnerung
deine Nachfahren
deine Anerkennung

Hinterlassen
allein
sind wir nun
allein
kämpfen
für Erinnerung

Vergessen

Wenn Elefanten ihre letzten Zähne abgenutzt haben, sterben sie. Ohne Zähne, kein Futter. Sie sterben allein. Doch wenn die Herde im Jahr darauf den Totenschädel passiert, dann macht sie halt. Elefanten vergessen nicht. Sie scharen sich um den Schädel. Sie gehen eine Trauerprozession und jeder Elefant berührt mit seinem Rüssel oder Fuß kurz die Stoßzähne, streichelt den Schädel.

Elefanten vergessen nicht, dass einer von ihnen nicht mehr da ist. Und wenn die Herde dem toten Tier ihren Respekt gezollt hat, zieht sie weiter auf ihrem Weg.

Das Vergessen, so denke ich manchmal, ist das Schlimmste, was einem passieren kann. Dass man da war und keiner hat es gemerkt und niemandem hat es genug bedeutet, um sich zu erinnern, dass man da war. Hier war.

Millionen unbekannter Gräber, unentdeckter Toter, verschütteter Grabsteine.

Ich war bereits in einigen Städten am Grabmal des Unbekannten Soldaten, den wir nun kennen und nie mehr vergessen werden.

Wenn ich durch die Stadt gehe, begegnen mir viele Stolpersteine mit den Namen jener, die man einst verraten und ermordet hat. Manchmal bleibe ich stehen und lese ihre Namen. Ich gehe an den Gebäuden vorbei, an denen die zahllosen Einschusslöcher, die im Kugelhagel des Zweiten Weltkrieges entstanden sind, prangen. Ich gucke sie an. Jede Kugel galt einem Menschen: Dass die Narben dieser Gebäude in ihrem roten Stein offen und für immer prangen würden ... Doch drinnen, in diesem Haus des Wissens, dort sind die Einschüsse nicht mehr so klar erkennbar. Das Husserl-Archiv Tür an Tür mit dem Heidegger-Lehrstuhl. Eine Etage höher Hannah Arendt. Eine weiter die Germanisten mit all ihrer braunen Vergangenheit, die nun abgestreift, eine Etage weiter, ein Haus weiter, in den Archiven der Geschichte lebendig wird. Die Namen der toten Soldaten aus diesem heiligen Haus des edlen Wissens, des Humanismus, drängen sich dicht an dicht an zwei Wänden. Zuletzt waren es zwei Kriege.

Jeden Tag gehe ich am Wohnhaus der Husserls vorbei. Kaum einer weiß, wo das ist, als ich mich unter Gebildeten umhöre. In diesen sakralen Räumen sind wir alle da. Seite an Seite. Die Gralshüter der Literatur, Kunst und Geschichte wachen aufmerksam darüber, dass nicht jeder hier hineingelangt. Menschen ohne deutsche Namen, oder deutsches Aussehen gelingt dies zuweilen doch.

Das Vergessen ist ein machtvolles Instrument.

Wer es bestimmen kann und darf, zu vergessen, und wer entscheiden darf, wer oder was vergessen werden soll, hier liegt die Macht. Zu bestimmen, was wert ist, erinnert zu werden.

Erinnert wird, was Deutsch ist.

Erinnert wird der Zweite Weltkrieg.

Niemals. Nie wieder. Nie vergessen.

Das muss so sein. Denn besonders diese Zeit droht dem Vergessen immer wieder anheimzufallen.

Erinnert wird auch, was einst Deutsch war. Banat. Schlesien. Pommern.

Vergessen sind die Grausamkeiten der Gegenwart. Kein Mahnmal, das dem Rassismus der Gegenwart gilt.

Mit dem Vergessen werden jene bedacht, die nicht dazugehören. Jene, die nur Beiwerk, nur Statisten, nur lästige Garnitur sind, die man wegstipst, bevor man sich dem eigentlichen Hauptwerk zuwendet.

Niemand will vergessen werden.

Jeder will gesehen werden. Denn erst, wenn wir erkannt werden, sind wir.

7 ZUKUNFT

Alphabet der Sehnsucht: *Yol*

Wer wir einst waren

Die Zeugen der Anderen
der Zeitzeugen
wir sind
Zeugen eines Lebens
das wir nicht selbst gelebt
in dem wir Gast waren
Zeugen
Zeit zeugen

Einst waren wir
Kinder
Erwachsene in Kinderkörpern
unsere Seelen steinalt
hohläugig glotzten wir
auf die kranke
Mutter
das tote Kind

über-setzten wir
am Krankenbett

Mutter, das Baby ist tot
sagt der Doktor
standen dort
verschwanden in den
Jahrhunderten
fortgetragen von tausenden
Tränen
standen dort
ertrinkend im Schmerz
der Mutter

Wer wir einst waren
wissen wir
und nicht

wollen wir
wegschieben
wegkaufen
wegkleiden
weghängen
weglügen

Wer wir einst waren
wissen nur wenige
wir
wollten wir
diese Zeugenschaft
wir waren dort
wir blickten in die Welt
in alle Welten
wir fanden Farbe und Klang
überall

doch
sie
stellten uns zwei Stühle hin
dort
zwischen zwei Stühlen
sitzt du
Farbe, Klang, Licht
drohte zu verblassen
zu versinken

zwischen zwei Stühlen
hart
Nein. Wir sitzen gar nicht
auf Stühlen
Wir saßen auf dem Boden
an runden Blechen
Brot teilend

Unsere Plätze finden wir selbst
Behalt deine Stühle
Deutschland

Du
dachtest
Dazwischen, das ist schlecht
da fällst du durch
da steckst du fest

Nein
Dazwischen
davongemacht
drüber hinweggestiegen
Dutzende Sitze aufgestellt

Es gibt noch so viele Plätze
für uns
Vergiss nicht
wer wir einst waren

Zeugen jener
die nicht aufgaben
nicht klagten
oder doch
doch weitermachten
bis zum Ende

Ihr Ende unser Anfang
unser Ende
ihr Kummer
unser Kummer

Wir schliefen
wachen Auges
wenn es an der Tür klopfte
wenn sie sagen
Euch Schwarzköpfe brauchen

wir nicht
Geht zurück
Go back to your fucking countries

Wenn sie brüllen
Wir sprechen Deutsch hier
Wenn sie spucken
ätzen und töten
Merke dir, wer wir einst waren

Wir, die Zeugen jener
die kamen
die unvorstellbar
lebten
die hasteten und rannten
so dass wir aufrecht gehen
können.

Vergangenheit

läufst und läufst
läufst läufst läufst
lauf lauf lauf
gegen Wände
rennen
keiner sieht dich
keiner fängt dich
niemand stoppt dich
hält dich auf
lauf, läufst, gelaufen
du

gegen Wände Wände Wände
dann
der harte Aufprall
Fleisch Gesicht
Wand Beton

Stein
Dein
Da-Sein

läufst rennst springst
weiter, weiter, immer
nur weiter
nur nicht stehen bleiben
in diesem Sumpf
in diesem Morast
der dich hinabziehen
wird
der dich mitnehmen
wird
ins trübe Dickicht
hier und da
Formen erkennbar

doch ab und an
dringen Stimmen durch
zu dir
ein Surren
ein Klagen, Schnarren, Schmatzen
dann
wachst du auf
entsteigst dem dunklen Dickicht
entlässt Dunkelheit dich
noch schwirren die Stimmen
um dich
umgarnen Geister
deine Seele, doch

du suchst
dich freizumachen

loszumachen von dieser
zeitlosen Vergangenheit
dann erblickt der Tag
dich
hell und durchscheinend
und
du sprichst
stolpernd über Laute
Buchstaben
suchend
dann
verstummst du
wieder
streifst in endlosen Gewässern
den Alpdruck dieser
dampfenden Finsternis
ab, lodernd, gibt sie vor

erloschen zu sein
doch du
du läufst rennst hastest
wieder
und dort unten tief in dir
in deiner dunklen Höhle
klopft die Gewissheit
pocht und pocht
sie, wird dich einholen
dich erfassen
wollen
und du stemmst dich
gegen diese namenlose
Vergangenheit, die dir
nicht geschenkt, aufgetragen
wurde, in der du umherirrst
in ihren Ruinen

Grabstätten, Grabungsstätten
Überreste längst Untergegangener
deren Zeugen nun nur im
Stimmengewirr deine
Seele zu zerkratzen suchen

du windest dich
du bäumst dich auf
dann
dort im Auge des Sturmes
stehst du still
machst dich gerade
machst dich groß

dein Körper singt still
deine Melodie

verstummt die Kakophonie
endlich
endlich
Stille
und du leuchtest
gegen die Finsternis
und
du erwachst
entsteigst
der Vergangenheit
stehst hier, bist hier
rennst nicht mehr
siehst hinab wie durch
Glas

hinab in das Dickicht und
lässt ihn
Morast klärt sich nicht
lässt alles dort
und schwebst
lichtern
voran

Alphabet der Sehnsucht

Acı
Alfabe
Almancı
Araba
Autobahn
Börek
Buram
Buram
Cami
Çemen
Döner
Dönüş
Ev

Fatma
Gözlerinden
öperim
Gurbet
Hayat
Hasret
Haus
Hatıra
Hüzün
İşçi
İzin
Jeton

Kalp
Kara
Toprak
Lokum
Mektup
Nereden
Nereye
Nasılsın
Ora
Özledik
Ölüm

Park	Vay
Quark	Volkswagen
Resim	Wohin
Sağır	Xokuma
Şeker	yazma yok
Temmeli	Yol
Dönüş	Yonca Yorgan
Uzak	Yürek
Unut	Zindan
Üzülme	Zemin

in dieses Alphabet der Sehnsucht
haben sich
bitter
Buchstaben gereiht
sickern Träume von
Autos
vom Haus
zieht duftend der Geruch von
Bockshornklee
beißt sich fest in
deinem Gedächtnis
Almanci
Du Deutschländer
Wann kehrst du endlich zurück
für immer zurück
endgültig // temelli
Träume

zerborsten an brennenden Dächern
und dein
Gesicht zerschmettert in Fensterscheiben
Steine
in deinem
Wohnzimmer

Einst schrieben wir Briefe
hauchdünnes Papier
wir küssen Deine Augen
özledik Özlem
Özlemin ABC'si
Wir vermissen euch
Sehnsucht
Alphabet der Sehnsucht
einen Buchstabierwettbewerb
gewinnt man

damit
nicht

Hüzün
ein ganzes Buch
ein Nobelpreisträger
doch nie fragte einer nach deinem Schmerz

Das Herz
ist schwarz
die Erde locker aufgeschüttet
Wo willst du begraben werden
Kein Vertrauen
Keine Seele
Hier nicht
und wir?
Schwarze Erde // kara toprak

Wer wir einst waren
Wer wir nun sind
und noch sein werden

Ein paar Bilder nur
braun und vergilbt
für immer zurück

Erinnerst du dich noch
an grasgrüne Kleefelder
Glück brachten sie
Dir nicht
Du stiegst in den
schwarzen Zug // kara tren

Zeremonien
Auszeichnungen

Für die Erfolgreichen
Für die Ausländer
Für die Migranten
Für die Einwanderer
Für die Integrierten
Zeremonien

Keine

Zierde

Respekt

Üzülme
Sei nicht
traurig

Dieses Alphabet ist
durcheinandergeraten
Worte fehlen
noch
Buchstaben halb
verfallen
noch nicht
geformt
noch nicht
geboren

Lass deine Zunge
frei
Dil // eine Zunge
ist ein Herz
und eine Sprache

Deine Sprache
ist
keine
fremde Sprache
nicht
fremder
als
Deutsch

ABC
Lerne Sehnsucht
buchstabieren
Freiheit
schreiben

Lass dich
nicht
einfangen
nicht
einengen
einzwängen

Mach dich weit
Mach dich groß
Stehe aufrecht
Sei stolz
Sei laut
Sei klar
wenn du es
sprichst

Alphabet der Sehnsucht
Ich bin
Dein Gesicht

GLOSSAR

Erinnerung (Essay)

patik	= gehäkelte, gestrickte Haussocken und Hausschuhe aus Wolle

Alphabet der Sehnsucht (Lyrik)

Acı	= bitter
Alfabe	= Alphabet
Almancı	= Bezeichnung für Gastarbeiter* und ihre Nachfahren (wörtl. Deutschländer), meist abwertend verwendet
Araba	= Auto
Börek	= Gebäck
Buram	= duftend, heiß dampfend
Cami	= Moschee
Çemen	= Gewürzmischung, meist für Dörrfleisch, distinktiver Geruch von Bockshornklee
Ev	= Haus
Gözlerinden Öperim	= wörtl. Ich küsse deine Augen, Grußformel in Briefen
Hayat	= Leben
Hasret	= Sehnsucht
Hatıra	= Erinnerung; Souvenir
Hüzün	= Trauer, Sehnsucht, Melancholie
İşçi	= Arbeiter*
İzin	= Erlaubnis; im Sprachgebrauch der Gastarbeiter*: Urlaub

Jeton	= Eigenbezeichnung für türkische Telefonmünzen
Kalp	= Herz
Kara Toprak	= wörtl. schwarze Erde, poetisch in der anatolischen Volksdichtung für den Tod
Lokum	= Eigenbezeichnung für eine spezifische Süßigkeit
Mektup	= Brief
Nereden	= Woher
Nereye	= Wohin
Nasılsın	= Wie geht es dir?
Ora	= dort
Özledik	= Wir vermissen (euch)
Özlem	= Sehnsucht
Resim	= Bild, Foto
Sağır	= wörtl. taub; die ursprüngliche Schreibweise meines Nachnamens
Şeker	= Zucker
Temmeli Dönüş	= Endgültige Rückkehr; damit war die Rückkehr in die Türkei gemeint
Uzak	= weit; Ferne
Unut	= vergiss
Üzülme	= sei nicht traurig
Vay	= Ausruf der Bestürzung, des Bedauerns, der Bewunderung
X okuma yazma yok	= ohne Lese- und Schreibkenntnisse, das X wurde als Unterschrift für Analphabeten verwendet
Yol Yonca Yorgan	= Weg, Klee, Bettdecke
Yürek	= Herz
Zindan	= Verließ; Hölle
Zemin	= Grund, Basis, Grundlage, Ebene

Miniatur ohne Titel 1 (Lyrik)
git = geh

ANMERKUNGEN

1. Gastarbeiter

In meinen Texten verwende ich den Begriff Gastarbeiter in dieser Schreibweise als historischen Arbeitsbegriff und als ikonische Bezeichnung, die diese Menschen homogenisiert, Frauen einschließt und dennoch häufig ganz ignoriert.

2. Gendern

Bis auf wenige Ausnahmen, habe ich auf eine Form des Genderns verzichtet, wobei es selbstverständlich ist, dass ich damit alle Geschlechter und non-Binäre inkludiere. Dort, wo ich gendere, findet sich ein *.

3. Integration

In diesem Band finden sich ausgewählte Kurzprosatexte aus meiner literarischen Reihe *Orte Dinge Menschen*, die zwischen 2011 und 2020 entstanden und zum Teil bereits erschienen sind.

Im Text Ein *anderer* Ort (2011) findet sich noch der Begriff Integration. Heute verwende ich diesen Begriff gar nicht mehr und lehne das politische Konzept Integration, so wie es in den vergangenen Jahrzehnten in der Bundesrepublik praktiziert und verstanden wurde, ab.

PUBLIKATIONSNACHWEISE

Gastarbeiter Gast Gast Gast (2017)

2021 Audio Spoken Word Performance, digitales Kunst- und Literaturprojekt anlässlich des 60-jährigen Anwerbeabkommens mit der Türkei. Poetischer Spaziergang in der Actionbound App. In Zusammenarbeit mit der Heinrich-Böll-Stiftung Baden-Württemberg. Gesprochen von Max Hoffmann.
https://www.boell-bw.de/index.php/de/2021/07/27/gastarbeiter-gast-gast-gast

2021 Audio Spoken Word Performance, Radio X Basel anlässlich des Internationalen Tages gegen Rassismus. Gesprochen von Max Hoffmann.
https://radiox.ch/news-archiv/autorin-fatma-sagir-ueber-antirassismus.html

Wurzeln (2021)

2021 Audio-Video Spoken Word Performance, digitales Kunst- und Literaturprojekt anlässlich des 60-jährigen Anwerbeabkommens mit der Türkei. Poetischer Spaziergang in der Actionbound App. In Zusammenarbeit

mit der Heinrich-Böll-Stiftung Baden-Württemberg. Gesprochen von Max Hoffmann.
https://www.boell-bw.de/index.php/de/2021/07/27/gastarbeiter-gast-gast-gast

Kein Ort (2017)

2021 Audio im Projekt der Heinrich-Böll-Stiftung (siehe oben).
Gesprochen von Max Hoffmann.

2021 (in diesem Buch) überarbeitete Version.

2019 Maviblau Onlinemagazin (25.11.2019). https://www.maviblau.com/25/11/2019/kein-ort/

2019 Unter dem Titel *„Gurbet" heisst Trennung* In: R. Walter und A. Grün (Hrsg.), einfach leben.
Heimatgefühle. Verlag Herder (2019), S. 30-33.

Solingen (2017)

2020 Maviblau Onlinemagazin (28.05.2020).

Dinge und Orte (2017)

2021 (in diesem Buch) überarbeitete Version.

2021 Audio im Projekt der Heinrich-Böll-Stiftung (siehe oben). Gesprochen von Max Hoffmann.

2020 Maviblau Onlinemagazin (21.09.2020) https://www.maviblau.com/21/09/2020/dinge-und-orte/

Ein anderer Ort (2011)

2021 (in diesem Buch) überarbeitete Version.

2011 Unter dem Titel *Ein anderer Ort. Eine andere Welt.* In Frankfurter Rundschau, Feuilleton, 01.06.2011, S. 30.

2011 Unter dem Titel *Die Stadtbibliothek.* In: C. Özdemir, W. Schuster (Hrsg.), Mitten in Deutschland. Deutsch-türkische Erfolgsgeschichten. Freiburg: Verlag Herder 2011, S. 224–230.

INHALT

ÜBER EDITION SCHREIBSTIMME

edition SchreibStimme ist mehr als ein Verlag. Wir sind eine Community von Schreibenden, führen Workshops, Schreibcoachings, Retreats und offene Lesenachmittage durch. Von der Idee bis zum Buch - dabei begleiten wir Menschen, die den Schritt zum ersten Buch wagen.

SchreibStimme hat einen eigenen Vibe. Den Mut zur eigenen Stimme finden. Experimentieren an den Genregrenzen, zwischen Poesie und Prosa. Auch toughe Themen zur Sprache bringen: Traumata, zerbrochene Beziehungen, Fremdheit, verlorenes Glück, Unverstandensein – und dann neues Leben, wiedergefundenes Glück, unbändige Lebensfreude!

Für alle Frauen und Männer, die ihre SchreibStimme suchen, sind wir da. Sprachkraft, Mut, marginalisierte Perspektiven – dafür gibt es unseren Verlag. Der Verlag ermöglicht es, Talente noch viel besser zu fördern und ihren Büchern eine Heimat zu geben.

Dr. Friederike Kunath & PD Dr. Franz Tóth, Gründer
www.schreibstimme.ch